タイメン
Tymen
黒須
クロス

サムライ転移
～お侍さんは異世界でもあんまり変わらない～

SAMURAI gets ISEKAI'd.

②

四辻いそら YOTSUTSUJI ISORA
イラスト：天野英

第一話　冒険者さん、お侍に付き添う

「────ん？　なんだこれ」

「どうした？」

初回の迷宮《ダンジョン》探索を終えて帰宅した、その日の晩。

ある種の打ち上げ的な意味合いも兼ねた夕食の場へ、水を差すように一通の手紙が登場した。

「「「「…………………」」」」

それを目にした途端、クロスを除く四人の表情に僅《わず》かばかりの陰《かげ》りが差す。

皆を不安にさせたのはその手紙の外装だ。高級《たか》そうな封筒には金縁の飾り印刷が施《ほどこ》され、見覚えのない紋章ではあるものの、ご丁寧に、印璽《いんじ》入りの赤い封蠟《ふうろう》まで押されている。

石製の冒険者証をぶら下げていた駆け出し時代。小遣い稼ぎに、何度も手紙の配達依頼を経験したフランツたちはよく知っていた。

郵便料金は、便箋《びんせん》の枚数や送り先までの距離によって定められている。封筒も一枚分の枚数に数えられるので、庶民は少しでも節約しようと、便箋をそのまま折りたたんだ形で送ることが多い。

ましてや、封蠟を使う者なんて、かなりの上流階級か大店《おおだな》に限られる。

誰も開封していないことの証明である封蠟が配達中に砕けてしまった場合、依頼失敗と判断されたり達成報酬が減額されるため、封蠟入りの手紙は〝爆弾つき〟と呼ばれ、冒険者たちからはあまりいい印象を持たれていない。

つまり、心の傷《トラウマ》とまでは言わないまでも、いまだに見るだけで、胸がきゅっと締め付けられるような感覚に襲われるのだ。

「これ、クロスさん宛のお手紙ですよ」

マウリから封筒を受け取ったパメラは、それをじっと観察して、差出人の名を彼に告げた。

「傭兵《ようへい》ギルドのサリアさんって人からですね。お知り合いですか？」

「…………知り合いと言えば知り合いだが」

なんだか微妙に間の空いた返答だったが、どうやら知人ではあるらしい。

しかし、傭兵ギルドからの手紙と聞いて、フランツの顔には困惑の色が浮かぶ。

自分もそれなりに長く冒険者をやっているけれど、ギルドからそんなものが届いたことなんて一度もない。ヘルマンから呼び出された時がそうであったように、通常、何らかの通告がある場合は当人がギルドを訪問した際に直接伝えられるものなのだ。

「そういやお前って、一応Cランクの傭兵だったな。忘れてたぜ」

「緊急かもしれないし、とりあえず読んでみなよ」

「ああ」

クロスは封蠟を外しもせず、ビリビリと乱暴に封を破る。

中身を広げ、声に出して読み始めたが――

「依頼……ギルド……来い…………？」

「クロスさん、貸してください。私が読みますよ」

彼は毎晩のように共通語を勉強しているものの、まだ簡単な単語しか読み書きすることができない。

それも、依頼書を読むために冒険者用語を中心に教えているので、知識にはかなり偏《かたよ》りがある。

意外にも、と言うと怒られてしまうかもしれないが、文字を学ぶことに対しては前向きらしく、練習帖として使っている冊子《ノート》はもう三冊目に届こうという勢いだ。

「えーっと、『指名依頼が発出されているため、至急、ギルドまで来られたし』、だそうです」

「…………ん？　それだけ？」

「短けえな。わざわざ手紙で言うことかよ」

仰々しい見た目の割に、随分とあっさりした内容だった。

順繰りに回し読みしてみると、丸みのある読みやすい字で、たしかにそう書いてある。

「〝指名依頼〟とは何だ？」

「依頼者が特定の人物を名指しして出す依頼のことじゃや。高位の者にはよくある形式と聞くが……。お前さん、登録した日から一度も傭兵ギルドに顔を出しておらんよな？」

妙じゃな、とバルトは小さく唸《うな》りながら眉根を寄せ、訝《いぶか》しげに首を傾ける。

それもそのはず。そもそも、Cランクに指名依頼が出ること自体が稀《まれ》も稀《まれ》なのだ。

冒険者も傭兵も、共通して〝高位〟と呼ばれるのはBランク以上。

Cランクは熟練者《ベテラン》扱いではあるものの、構成比で見れば中間層に位置しており、数だってそこそこ多い。薬草や鉱物の知識に優れた専門家や、封印、除霊、解呪などの特殊技術でも持っていれば話は別だが、たびたび本人がそう自称しているように、ウチの戦闘狂は戦うことのみに能力《ステータス》を振り切った一能特化型。

それに、指名依頼を望む依頼者には、ギルドから本人の実績も開示されているのである。

いくら戦闘力が高くとも、依頼を受けたことすらない新人をあえて選出する意味が分からない。

「誰か、クロスの知り合いからの指名なのかな？」

「いや、そりゃねえだろ。指名依頼《アレ》って普通に依頼するより手数料も割高になるんだぜ？　知り合いなら、直接コイツに頼めばいいだけじゃねえか」

……………それもそうか。

ギルドを介さずに依頼を受けることは厳重に禁止されているが、依頼者が顔馴染《かおなじ》みに受注してもらおうと、事前に本人と交渉をすることは認められている。

つまり、ギルドに依頼を提出する際に依頼者と受注者が揃《そろ》っていれば、実質、指名依頼と同じ手続きを取ることが可能なのだ。

相手が遠く離れた街に暮らしているような場合を除き、まずは、本人相手に折衝《せっしょう》するのが一般的な流れである。

「どういうことだろう…………」

料理の並んだテーブルに頬杖《ほおづえ》をついて考え込む。

試行錯誤しているつもりでも、さっきから、同じ発想に立ち続けている気がする。

一つの回答を捏《こ》ねくり廻《まわ》しているだけのような、そんな気分。

「差出人のサリアさんはどんな方なんですか？」

膨れるばかりの矛盾にフランツが頭を悩ませていると、パメラが角度を変えた質問を投げた。

「傭兵ギルドのギルドマスターだ。決闘に割り込まれて、少し、頭に血が上ってな――……」

クロスは手元にある手紙を熟視したまま、そこまで言って口をつぐみ、しばらく沈黙した。

どう切り出そうかな、と考えをまとめようとするように。

あるいは、何か不都合な記憶でも思い出したみたいに。

「その、殺しかけたが、お前との約束を思い出して和解した、はずだ。……いや待て、そんな顔をするな。俺は怪我《けが》一つ負わせていないぞ。約束は破っていない」

彼の口から飛び出した突然の爆弾発言に、居間の空気が凍りつく。

息を吸い込んで言葉を探すも、喉が詰まって、なかなか喋《しゃべ》ることができなかった。

生まれて初めて知ったが、人は心底驚くと咄嗟《とっさ》に声も出せなくなるらしい。

「は、はぁ!?」

「殺しかけたってなんだよ!?　そんな話聞いてねえぞっ!!」

「ギルドマスターを…………!?」

「クロス！　説明を、ちゃんと説明をしてくれ！　イチから全部だっ!!」

数秒間の硬直から解けた仲間たちが、ものすごい剣幕で畳み掛ける。

あの日の出来事について自分たちが聞いていたのは『傭兵ギルドの連中と少し揉《も》めたが、大怪我は負わせていない』『興味が失《う》せたからもう二度と行かない』、その程度だ。

その後は、いかに傭兵ギルドが下らない場所で傭兵たちが期待外れだったかと、葡萄酒《ワイン》片手に心底嫌そうな顔でブチブチと愚痴を零《こぼ》していたが、ギルドマスターの話なんて一ミリも登場しなかった。

――いや、正直に言えば不可解な点はいくつかあったし、詳細を聞くのが怖くて、無関心を装っていた部分もある。

なんせ、大通りを歩くたび、名前も知らない傭兵が最敬礼の挨拶をしてくるのだ。

それも、無視できないような大声で。

まるで国王陛下にでも会ったみたいに。

直立不動の腰を折って、深々と。

あんな異様な状況に疑問を抱かないほど、鈍感なつもりはない。

でも、それはあくまで、クロス個人に対するものだと思い込んでいた。

彼のことだから、きっと人目も気にせず派手に暴れたんだろうなあ、と。

もしかすると、有名な傭兵でも相手にしたのかもしれないなあ、と。

一体誰が、最高責任者《ギルドマスター》と喧嘩《けんか》しただなんて想像できるだろうか。

「……あの日、ギルドに入ってすぐに受付の男が――」

全員から一斉に詰め寄られ、クロスは居心地が悪そうに傭兵ギルドで起きた騒動を話した。

一つの聞き漏らしもないよう、四人がかりで問い質《ただ》すこと三十分。

食事しながらなんて悠長な雰囲気ではなく、せっかく用意したご馳走《ちそう》も、すっかり冷めてしまっている。

「よかった……！　あの時パメラがああ言ってくれて、本当によかった……っ!!」

説明を聞いている最中、心臓が激しく鼓動《バウンド》して痛いくらいだった。

フランツは冷や汗の滲《にじ》んだ額をシャツの袖で拭いつつ、心の底から安堵《あんど》する。

「なんともはや………」

バルトも受付の手首を斬り落としたという話のくだりから、絶句を通り越して、ほとんど放心状態だ。目の焦点を失い、なぜだか知らないがずっと樽杯《ジョッキ》を抱きしめている。

毎回毎回、いつもこうだ。クロスの言う〝少し〟や〝大したことない〟という表現は、彼だけが思う彼独自の基準であって、一般常識とはかけ離れている。

だからこそ、単独で行動させるのが怖い。

何をしでかすか分からないという点において、彼は他の追随を許さないところにいる。

そもそもが口下手《くちべた》で、自分から進んで話題を提供する性格《タイプ》ではないし、人に隠しているんじゃなくて、上手《うま》く話そうと頑張るのが面倒で、話さないだけのことなんだろう。

きっと今回のことだって、本人的には、取るに足らない問題だと判断したに過ぎないのだ。

『クロスさん、絡まれても絶ッ対に殺しちゃダメですからね！　半殺しまでなら私が許可します！』

『善処しよう』

思い返してみると、たしかにあの朝、パメラは相手を殺すなとしつこく念を押していた。

冗談のようなやり取りだったので、気にも留めていなかったが――

「あの約束がなかったら、とんでもねえことになってたな……。パメラ、お手柄だぜ」

バルトが呆然《ぼうぜん》とし、フランツとマウリが称賛する中、彼女はそんなことはどこ吹く風でジーッとクロスの瞳を見つめていた。

「クロスさん。さっきサリアさんのお名前を聞いた時に、ちょっとだけ、イラッとした顔になりましたよね？　何を考えていたか、正直に話してください」

容疑者《クロス》は気まずそうにサッと目を逸《そ》らしたが、言い逃れはできなそうだと観念したらしく、ぽつりぽつりと本音を語り始める。

「その、だな……。あの時、次に無礼を働いたら手討ちにすると警告したにも拘《かかわ》らず、詳細を書きもしない文《ふみ》で人を呼びつけるとは、一体何様のつもりなのかと――」

「フランツ、これは駄目じゃ。こやつを一人で行かせれば、大惨事になりかねんわい」

「傭兵ギルドが血の海になる未来しか見えねえ」

最後まで聞き終わらないうちに結論を下した二人に、フランツは同意を示すため息を吐《つ》く。

「そうだね……。しょうがない、明日俺が付き添うよ。皆は予定通り探索の準備を進めてくれ」

子供ではないのだから付き添いなど要らないと文句を言うクロスをパメラが一喝して黙らせ、フランツの同行が決まった。

◆
◆
◆

翌日、太陽が頂点を通過してしばらく。

大通りに面した家々が午後の日陰を長く伸ばしている。

「奴《やつ》の呼び出しに応じてやる義理などない。やはり、行かずともよいのではないか？」

「いい加減諦めなって！　ほら、もう着いたよ」

いまだに不満タラタラのクロスを引きずるようにして、ようやく傭兵ギルドの前に辿《たど》り着《つ》く。

彼は拠点を出てから終始この調子で、昼食後すぐ出発したのに、こんなに遅くなってしまった。

時間稼ぎでもしているつもりなのか、意味もなくヤナの店へ着物の感想を伝えに行ったり、トトの店で子供たちと長話に興じてみたり。昼下がりというよりも、もう夕方に近い。

「――――ん？」

勉強を嫌がる自分を無理やり教会へ連行した両親もこんな気持ちだったのかなあ、と親心に想《おも》いを馳《は》せていると、不意に違和感を覚え、フランツは前へ踏み出そうとした足を止める。

「どうした？」

「いや、なんだろう………」

ここに来るまでの道中でも感じていた、判然としない不自然さ。その正体がやっと分かった。

「なんかさ、人が少ないような気がしない？」

違和感の正体。それは、いつも道々で声を掛けてくる傭兵たちに、一度も遭遇しなかったことだ。

領都《アンギラ》に常時どれくらいの人員がいるのか、正確には知らない。

ただ、目の前にある傭兵ギルドは、巨大な要塞じみた迫力の五階建て。これだけ立派な物件を用意しておいて、まさか人数が冒険者以下なんてことはあり得ないだろう。

大通りを行き交う人波は普段と変わらないように見えるが、冒険者ギルドより一回り大きな建物の入り口は閑散としていて、出入りする者は誰一人いない。

この時間帯なら、依頼の達成報告に訪れる傭兵でごった返していてもいいはずなのに。

「どこかで祭りでもやっているのかもしれんぞ。よし、今日はやめておくか」

「やめておかないって。行くよ」

いい口実ができたとばかりに踵《きびす》を返したクロスの袖を摑《つか》み、フランツは不穏な胸騒ぎを感じつつ玄関の扉を開いた。


傭兵ギルドの窓口で手紙を見せると、慌てた様子でギルドマスターの部屋へ通された。

骨ばった顔に痩せぎすの、神経質そうな男。

クロスを袋叩《ふくろだた》きにしようとした受付ではなく、どうやら雇われたばかりの新人担当者らしい。

彼は手紙に目を通すやいなや、椅子の上でバネのように跳ね上がり、恐縮しきった態度でフランツたちを案内してくれた。

様々な苦労をしたことを示すやつれた頬に引《ひ》き攣《つ》った笑みを浮かべ、糸を緩《ゆる》められた操り人形のようなぎこちない動き。

その反応が手紙の内容によるものなのか、危険人物の来訪に対するものなのか。

どちらかハッキリとは分からなかったが。

「よく来てくれたわね、クロス。……そちらの方は？」

「はじめまして。クロスの所属するパーティーのリーダーで、Eランク冒険者のフランツと申します。彼はこの国の事情に疎《うと》い部分があるので、俺も同席させていただければと」

想像もしていなかった美しい森人族《エルフ》の登場に、フランツは少しドギマギしながら挨拶をする。

サリアという名から女性だと分かってはいたものの、色眼鏡《めがね》というか、どうしても拭いきれない傭兵ギルドへの偏見や先入観があって、男勝りの厳《いか》つい女主人といった人物をイメージしていたのだ。

さらにもう一つ付け加えるなら、隣に立っている不機嫌そうな男が相手の種族や外見について、一切言及していなかったのも大きな原因といえる。

こんな美人に出会ったら、何より先に説明しないだろうか、普通。

「そう……。まぁ構わないわ。座ってちょうだい」

勧められるまま、革張りの豪華なソファーに腰を下ろす。

と同時、心地のいい感触に思わず声を上げそうになった。

晴れ渡った日差しの中、放牧された羊に触れたような最高の質感。

一度腰掛けるともう二度と立ち上がれなくなりそうなくらい、柔らかくて、深くて、広い。

でも、拠点にある年代物のソファーに慣れた身としては、ふかふかしすぎて逆に座りにくかった。

お尻の形に合わせてへこんだソファーの方が、自分には合っているようだ。

どれだけ座り直しても落ち着ける体勢が見つけられず、フランツが一人モゾモゾと困っていると、

クロスが不躾《ぶしつけ》に話を切り出す。

「それで、何の用だ？　俺は傭兵ギルドに関心はないぞ」

「ちょっ、ちょっと！　失礼だよ！　相手はギルドマスターなんだから、せめて敬語を――」

「いいえ、大丈夫よフランツさん。クロス、まずは急な呼び出しをお詫《わ》びするわ。少し事情があって、貴方《あなた》の手を借りたいの」

サリアはこちらに軽く頭を下げたあと、居住まいを正して神妙な顔つきになった。

「…………」

深い宵闇《よいやみ》の色をたたえた、紫水晶《アメシスト》のような切れ長の瞳。

森人族の美貌はあまりにも有名だが――それにしても、ついつい脱力してしまいそうになるほどの絶世の美女だ。

一度も日を浴びたことがないんじゃないかとさえ思える色白の肌。

くびれる所とふくらむ所がはっきりした体つき。なだらかな撫《な》で肩《がた》、均整の取れた細い手足。

外見だけでなく、涼やかな声も、凛《りん》とした態度も。ふとした身のこなしに、溢《あふ》れるような魅力を感じる。

可憐《かれん》で、愛嬌《あいきょう》があって、それでいて蠱惑的《こわくてき》。

もっと華やかな職業に就いていてもおかしくないし、もし異国の姫と名乗ったとしたら、誰もが信じるに違いない。

フランツは状況も忘れ、間抜け面でぼーっとサリアに見蕩《みと》れていたが、次に彼女から出た言葉に、口にしていた紅茶を吹き出しそうになった。

「ここアンギラの領主、ジークフリート・アンギラ様のご子息が、二日後にナバルまで視察に出向かれる。貴方にはその旅路への同行と、護衛をお願いしたいの」

「ごっ――――!? ご領主様からの依頼ですか!?」

あまりのことに気が動転し、一瞬声が裏返ってしまう。

焦燥感に駆られた心臓が早鐘《はやがね》を打ち始め、自分の視界がぐんと狭くなるのが分かった。

「正確に言えば、ご子息の専属護衛官からの依頼ね」

すぐさま訂正が入ったが、そんなのはどっちだっていい。

問題は、護衛対象が領主の息子だという点だ。

「報酬は金貨十五枚。ナバルでの宿泊、飲食などの諸経費はギルドで負担するわ。辺境伯家《おとくいさま》からの案件ということで、難易度はBランクといったところかしら」

自分たちが普段受けている依頼の、三十倍近い達成報酬。

予想を遥《はる》かに上回る内容に、胃の辺りを鷲摑《わしづか》みにされたような感覚が走る。

いや、高難易度であって当然だ。相手が相手、失敗なんて絶対に許されない。

もし怪我でもさせようものなら、最悪、その場で処刑されることだって――――!

「フランツ、ナバルとは何処《どこ》にある?」

「………えっと」

恐ろしい考えが次から次へと頭に浮かんで止まらなかったが、顔色一つ変えずに平然としているクロスを見て、少し冷静さを取り戻す。

話の内容が理解できていないだけかもしれないけど、こういう時は彼の図太さというか、動じない性格がありがたかった。

「南に馬車で二日ってとこかな。海に面した港町だよ」

動揺した心を落ち着けるように紅茶を一口飲み、あえて受け皿《ソーサー》を外して直接テーブルに置く。

カップを持ったままだと指先が震えていることに気付かれそうで、膝の上で両手を組み直した。

「往復で四日か。滞在日数は？」

「一日の予定よ。計画としては、全五日間の行程だと聞いているわ。あくまでも〝最短で〟という前提の話だから、多少前後するかもしれないけどね」

貴族からの依頼には度肝を抜かれたものの、ここまでの説明を聞くに、内容としてはよくある要人護衛だ。しかし、バルトも気にしていたように、まず根本的な疑問がある。

「あの、どうしてクロスに指名依頼が？　ご領主様のお身内なら、騎士団や領兵に護衛させることもできますよね？」

他に頼らず自力で行けばいいじゃないかと、嫌味《いやみ》に聞こえないよう、遠回しに、それとなく伝えたつもりだが、誰だってこんな依頼に首を突っ込みたくはない。

特に〝クロス〟と〝貴族〟の組み合わせは、どう考えたって最悪だ。

「…………二人とも、ここでの会話は内密に頼むわね」

そう言って、サリアはすっと目を細めた。

その冷たい眼光はぞっとするほど異様な迫力に満ちていて、口ぶりは穏やかなのに、声には拒否を許さない響きがあった。

「三日前、北の農村がオルクス帝国から焼き討ちにあったのよ。村人はほとんどが殺されて、何人かの女と子供が拉致《らち》されたらしいわ。それに領主が激怒してね。昨日、全軍を率《ひき》いて自ら北へ向かったのよ」

その説明にフランツは息を呑《の》む。

オルクス帝国は大陸統一を国是《こくぜ》に掲げる覇権国家だ。周辺国を相手に侵略戦争を繰り返しており、実際、ファラス王国も十八年前に大規模侵攻を受けている。

まだ子供だったので戦時中の状況はよく覚えていないが、両親や祖父母からはたびたび、凄惨な昔話を聞かされた。

戦闘経験のない酪農家という理由で徴兵は免れたものの、兵站《へいたん》として家畜は全て接収され、王都近郊まで年単位の避難を余儀《よぎ》なくされたらしい。

戦争は王国の勝利で終結したが、血で血を洗う戦いを経て両国の関係性は悪化。

現在も、国境付近で小競り合いが頻発しているのは万人《ばんにん》の知るところである。

しかしそれは、互いの要塞を攻撃するような、あくまで軍同士の衝突だと思っていた。

まさか、民間人を虐殺するとは――

「傭兵ギルドにも招集が掛かったから、今、手練《てだ》れは全員北に出払っているの。私も今日中に出ないといけない。だから、先方から要請された条件に合う傭兵がクロスしかいなかったのよ」

「そんなことが……。その、本格的な戦争が始まるということですか？」

「分からないわ。一般には知られていないだけで、隣接している帝国のドリス領は好戦的でね。こういった挑発行為は以前から何度も繰り返されているの。でも、領主が戦地に出向くのはこれが初めてのことよ」

………自分は、この場に来るべきではなかったのかもしれない。

秘密の重さが茨《いばら》の棘《とげ》のように、ちくりちくりと心を刺す。

顳《こめかみ》に血潮が押し寄せ、後悔が全身をだるくさせていた。

喉の奥がぎゅっと詰まり、今にも、胃から何かが込み上げてきそうな感じがする。

彼女は一体、どういうつもりでこんな話をしているのだろう。

とてもイチ冒険者なんかが耳にしていい内容ではないし、もしこの情報が表沙汰《おもてざた》にでもなれば、街は大混乱に陥《おちい》るに違いない。

いや、アンギラどころか、王国の行く末さえ左右しかねない案件だ。

領軍が動いているなら露見《ろけん》するのも時間の問題だとは思うが、都市機能が麻痺《まひ》してしまうことだって、十分あり得るのに。

「そんな状況で、どうしてご子息様は視察に？　日程をずらせばいいでしょう」

指先で眉間《みけん》を軽く揉みつつ、伏し目気味に尋ねる。

頭が痛くなってきた。

「これもここだけの話にしてね。実は、ナバルは今年に入ってから不漁が続いていて、代官が減税を嘆願していたの。領主も事情を理解して、承認の約束をしていたのだけど……。もしかすると今後、戦争に資金が必要になるかもしれなくなった。だから視察と銘打ってはいるけれど、実際は早急に違約の釈明《しゃくめい》に行く必要があるという話なのよ。長男は領主代行として動けず、次男は領主に同行したから、貧乏くじを引いたのは三男ね」

「ん……？　三男、ですか？　ご子息様はお二人では？」

庶民でも、年中行事などでたびたび領主の姿を見る機会があるが、その時、両脇にはいつも二人のよく似た青年が侍《はべ》っている。

てっきり、あれが辺境伯家の御令息《ごれいそく》だと思い込んでいたのだが。

「――――いいえ、息子は三人いるわよ」

サリアはそれ以上、何も言わなかった。

こちらを煙《けむ》に巻こうとするような、沈黙そのものに意味があるかのような沈黙。

フランツはその奇妙な態度に疑念を抱いたものの、追及を深める前にクロスが結論を述べる。

「なるほどな、事情は理解した。……フランツ。俺はこの依頼引き受けてもいいと考えているが、構わんか？」

「うーん……。今はちょうど休息期間中だし、五日くらいの不在なら、パーティーとしては問題ないんだけどね」

どうか断ってくれますようにという必死の祈りは、女神ルクストラに届かなかったらしい。

解決の糸口は切れてしまい、新しい糸が出てくる気配もなさそうだ。

「ギルドマスター、護衛はクロスだけなんですか？」

「ご子息直属の騎士が三名と、メイドが一名同行するわ。本来は、この人数に彼を加えても護衛としては不十分なのだけどね」

いや、一人の方がまだマシだったのに――――……

フランツは護衛の戦力不足を不安視したのではない。

頭にあるのは別のことだ。

「その、クロスはなんというか、少し気難しいところがあります。ご子息様や騎士様の不興《ふきょう》を買わないかだけが、俺としては心配なんですが」

「ええ、彼の性格は概《おおむ》ね把握しているつもりよ。……むしろ、貴方に同意を求めている姿にすら、私は驚いたくらいだわ。フランツさん、貴方の本音は彼が怒って貴族に手を出さないか、心配しているのはそっちじゃない？」

「……はい。ご明察です」

クロスの大暴れを体験しているからか、サリアはこちらの言いたいことをすぐに察してくれた。

「無用な心配だぞ、フランツ。〝騎士〟や〝めいど〟が何かはよく知らんが、俺とて貴族に払う敬意くらいは持っている。それに、余程のことがなければ怒ったりはしない」

いやいやいやいや…………

まるで手柄話でも誇るような快活《かいかつ》な口調。

この世の道理は全て分かっているのだ、と言わんばかりのしっかりとした声で、それが逆に恐ろしかった。

たしかに彼の性格からして、理不尽に怒ったり暴れたりはしないだろう。

しかし、一度逆鱗《げきりん》に触れてしまえば手が付けられなくなることを、フランツは嫌というほどに知っている。

「クロス、私も一応は騎士爵位を持った貴族なのだけれどね。貴方、もし私が今フランツさんを侮辱したら、どうする？」

「以前警告した通り、この場で手討ちにする。俺にとってそれは余程のことだ。死にたいのか貴様」

サリアの問い掛けに対し、クロスは迷うことなく即答した。

やっぱりこうなるよなぁ………

フランツは嬉《うれ》しいような、困ったような、複雑な気持ちになる。

彼は仲間を害されたり、自らの誇りを傷付けられることを絶対に許さない。

その逆鱗は案外多いのだ。

「ギルドマスター……」

「ええ。今回同行する騎士は、傭兵を見下したりしない真面目なタイプと聞いているから、大丈夫だと思ったのだけれど……。責任者は私の友人だから、改めて彼のことを警告――いえ、説明しておくわ。それならどうかしら？」

フランツは宙を睨《にら》みながら熟考し、何かをふっ切るように紅茶の最後の一口を飲み干した。

「そういうことなら、俺も構いません。クロス、帰ってからちょっと話そう」

『何故《なぜ》こいつらはこんな反応なんだ？』という顔をしている戦闘狂の肩に手を置き、フランツは彼が出発するまでに何とかしようと決意するのだった。

第二話　お侍さん、騎士に出逢《であ》う

護衛依頼に出発する日の朝。

黒須《くろす》は合流場所として指定されていた南門の前で、依頼人を待っていた。

「今から来るのは貴族だぞ。お前は人見知りだろうに。もういいから、無理をせず拠点に帰れ」

「ダメですっ！　クロスさんがムチャしないように、私から騎士様にお話しするんですっ！」

朝食を済ませ、皆に出立の挨拶をしてから拠点を出た。

歩き出してすぐに跡《あと》を尾《つ》けられていることに気が付き、慌てて逃げようとしたパメラを捕獲したのだが――――何を言っても頑《かたく》なに帰ろうとせず、結局、南門まで一緒についてきてしまったのだ。

泡を飛ばすような熱弁と、真っ赤に紅潮した頬《ほお》。

これは、彼女が意固地《むき》なっている時の癖だった。

こうなったら最後。誰の言うことも受け入れず、梃子《てこ》でも意見を変えようとしない。

振り回している杖《つえ》とその紅髪も相まって、まるで、懸命に天敵を威嚇する蜊蛄《ざりがに》の様相である。

「……お前、どうせまた話せなくなるぞ」

「そんなことないです！　お貴族様に失礼があってはいけませんからね！」

ふんふんと鼻息も荒く興奮しているが、彼女は初対面の相手に挨拶すらできない、筋金入りの人見知り。

照れ屋や引っ込み思案《じあん》といった、生易しいものではない。

人混みさえも苦手で、いつもバルトの背中に張り付いて移動しているほどだ。

「何があっても貴族は斬らんと約束しただろう。俺を信用できんのか」

「傭兵《ようへい》ギルドの一件、忘れたとは言わせませんよ！　残念ながらクロスさんの信用はゼロです！」

なんとも腑《ふ》に落ちん話だが、彼らの中で、あれは違約に相当するらしかった。

本来は一人残らず殲滅《せんめつ》すべきところ、指の数本で済ませてやったというのに。

取引を持ちかける高利貸《かねかし》だって、もう少し信頼を置かれそうなものである。

「まったく！　いいですか？　そもそも沸点が低すぎるのがダメなんです！　大人なんですから、もっと人に対する思いやりを身につけてください！　聞いてますか!?」

説教が楽しくなってきたのか、まったく、クロスさんはまったく！　と、高飛車な物言いが続く。

上機嫌で弁舌を振るう彼女の様子を眺めつつ、黒須は一点、とある懸念を抱き始めていた。

脳裏に去来したのは、生家を旅立つ前に次兄から受け取った訓戒。

『人に阿《おもね》ろとは言わんが、せめて慮《おもんぱか》れ』と、実によく似たことを呆《あき》れ顔《がお》で申しておられた。

……………よもやこの蜊蛄《ざりがに》、俺を自分の弟か何かだと思っておるまいな。

「奴《やつ》らは武器を手にして向かってきた。明確な敵意を持って、こちらを斬るためにだ。そんな連中相手に話し合いで解決しろと？　無茶を言うな」

〝彼方《あちら》を立てれば此方《こちら》が立たぬ。両方立てれば身が立たぬ〟

剣をぶら下げた者同士が膝を突き合わせ、ああだのこうだの、和解に向けて回りくどい話をする。

これ以上に無駄なことはない。

武芸者として生きる限り、どちらにも譲れない信念があり、互いにそれを信じ切っている。

つまり妥協点など存在せず、最初《はな》から衝突は避けられんのだ。

歴史を紐解《ひもと》けば明らかであるように、だからこそ戦《いくさ》は尽きることなく、延々と繰り返されている。

優勝劣敗は未来永劫《みらいえいごう》変わらぬ世の理《ことわり》。

我を通したいと思うなら、力をつけてから吠《ほ》えろという話であって、負ける方が悪い。


強情な意地っ張り相手にしばらく押し問答を続けていると、大通りの奥から人目を引く馬車がこちらに向かってやって来た。

「わあ……！　輻輬車《キャリッジ》ですよ！　かっこいいですねぇ」

黒須たちが普段利用している荷車のような馬車と違い、車窓がついた四輪の箱型。

内部の様子までは見えないが、大きさからして、せいぜい二人乗りといったところだろうか。

後部の狭い荷台には、胴乱《どうらん》に似た木箱がいくつか積まれている。

二頭の白馬に引かれているため御者席の位置が高く、後輪だけがやたらと大きい。

「ああいう綺麗《きれい》な馬車って女の子の憧れなんですよ。お姫様っぽい感じがして。分かります？」

「駕籠《かご》のようなものか。俺の国では天鵞絨巻女乗物《びろおどまきおんなのりもの》が町娘どもの羨望の的だった」

呑気《のんき》な感想を述べているパメラは気がついていないようだが、白と金を基調とした車体の側面には、街の正門や広場に掲げられた旗と同じ紋様が描《えが》かれており、周囲を取り囲むようにして、騎兵が三騎随行している。恐らく、あれが件《くだん》の依頼人だろう。

予想通り集団は南門の手前で停止し、一人の騎兵が下馬《げば》してこちらに歩み寄ってきた。

「……………」

脱兎《だっと》の如く逃げ出そうとしたパメラの首根っこを捕まえながら、相手の身なりを観察する。

頭から脚先までを覆う純白の全身甲冑《かっちゅう》。

各部のいたるところに彫り込まれた細かい模様や、頭頂部についている大きな羽飾りのようなものなど、どぎつい色彩がびしびしと眼《め》に突き刺さる。腰に剣を吊《つ》るしてはいるものの、手には槍《やり》を握っており、そちらもまた恐ろしく派手派手しい装飾だった。

独眼竜や甲斐《かい》の虎。愛染明王《あいぜんみょうおう》を信仰し、前立てに〝愛〟の一文字を掲げた武将など。故国でも自己主張の強い華美な具足が好まれていたが、ああいった鎧《よろい》はあくまでも戦勝後に身につける晴れ着であって、実用性は皆無である。

この騎兵にしても、これから遠征に出向こうとする武人の格好には到底見えず、むしろ、派手好きなだけの俗物に思えた。

……ただの傾奇者《かぶきもの》か？　いや、それにしては――

大鎧を着て歩いているのに、ガシャガシャと音がしない。

甲冑の裏側、接合部に布を張って音を消している証拠だ。

十文字槍《じゅうもんじそう》を逆手に握り敵意がないことを示しているが、これもまた、随分と手慣れた様子。

〝似非侍《えせざむらい》の刀弄り《かたないじ》〟

実力の乏《とぼ》しい者ほど、外見を取り繕《つくろ》うために、大袈裟《おおげさ》な装備を身につけるものだが…………

この男に限っては、飾り、で、は、な、い、な。

明らかな歴戦の雰囲気。歩く姿だけを見ても練度の高さが窺《うかが》える、大柄な〝騎士〟だ。

「失礼。もしや、貴殿が依頼を受けてくれた傭兵であろうか？」

「ああ、Cランク傭兵のクロスだ」

騎士は立ち話をするにはやや遠い位置で足を止め、声を掛けてきた。

剣は届かず、槍だけが届く絶妙な間合い。

槍先は上空に向けられているものの、薄く殺気を放っており、もしこちらが抜刀すれば即座に反撃する意志を感じさせた。

「おお、やはりそうであったか！　ご婦人がおられたので、人違いかと思ってしまった」

詰問するような鋭い口調から一転、急に二段階くらい明るくなった声で笑う。

「おっと、失敬。我が名はラウル・バレステロス。アンギラ辺境伯家に忠誠を捧《ささ》げる騎士である。クロス殿、此度《こたび》の窮地に依頼を受けてくれたこと、心から感謝する」

ラウルは兜《かぶと》を外して脇に抱えると、あえてガシャリと甲冑を鳴らしながら胸に手を当て、礼をして見せた。

後ろに撫《な》でつけた灰色に近い頭髪と、清潔に刈り整えられた白髭《しらひげ》。

意志の強そうな瞳には笑みを浮かべている。

いまだに異人の年齢は予測しづらいが、目尻の辺りに刻まれた深い皺《しわ》の具合からして、五十代の中頃だろうか。全体的に誠実そうな印象の男だ。

「私は今回の視察における護衛責任者の任を拝命している。早速だが、仲間たちの紹介と護衛計画の説明をしよう」

こちらの会釈《えしゃく》を返礼と理解したラウルが集団へ戻ろうと踵《きびす》を返すと、それまで黒須の背中にくっついて隠れていたパメラが声を上げた。

「あっ、あの！」

「おや？　どうなされた、お嬢さん」

「えっと、その……私はパメラですっ！　あの、クロスさんは喧嘩《けんか》っぱやくて、凶暴なところはありますけど、いっ、いい人です！　ど、どうか、よろしくお願いしますっ！」

彼女にしては、よく頑張った方だと思う。ただ、黒須の背から半分だけ顔を覗《のぞ》かせた体勢で、相手の眼も見ず、会話の運び方にも相当無理があった。

怒鳴りつけられても文句は言えないほどの無礼。

騎士は貴族の末席《はしくれ》と聞いているが、さて――……

「おお、これはこれはご丁寧に。奥方様であられたか。ご安心ください。我らも騎士として彼と共に戦い、互いを助け合うと誓いましょう」

「へっ!?　お、奥方様？　いえ、あの――」

……………なるほど、流民《るみん》の不作法を許す度量もあるか。

黒須は胸中、大いに感心していた。

本音の部分でどう思っているか、肚《はら》の内までは分からない。

しかし、少なくとも、不快感を全く表に出さなかった。

もし彼女に対して、身分を笠《かさ》に威張り散らすような真似《まね》をすれば、依頼の件は有耶無耶《うやむや》にして、この場で剣を交えるのも一興《やむなし》と考えていたのだが。

粋で、さっぱりしている。

鷹揚《おうよう》な豪傑らしい気質の好人物だ。気に入った。

「ラウル殿。これは俺の妻ではなく、冒険者パーティーの仲間だ。すまない、何故《なぜ》かここまでついてきてしまった」

「む、そうであったか。パメラ嬢、思い違いをお詫《わ》びする。クロス殿は冒険者もされていると聞いていたが……。わざわざ見送りに出向かれるとは、実にいい仲間をお持ちのようだ」

「ああ、得難《えがた》い友だ」

顔を真っ赤にして固まってしまったパメラを、どうにか拠点に帰らせたあと、他二名の紹介を受ける。

「アンギラ辺境伯家、私設騎士団所属！　騎士見習いのアクセルであります!!」

「お、同じく、オーリックでありますっ！」

背筋をピンと伸ばし、胸に手を当てて軽く一礼。

ラウルも同じ動作をしていたことから察するに、これが騎士流の挨拶なのだろう。

ハキハキと名乗った方は背が高く、頑丈そうな身体《からだ》つき。

きっちりと横分けにした短髪は、精悍《せいかん》さを感じさせる。

きつく眉を寄せて下唇を噛《か》む表情が、どことなく、興福寺《こうふくじ》の少年阿修羅《あしゅら》を思わせた。

後から名乗った方は細身で小柄。

ふわふわと波打った癖の強い髪質で、不思議な形の眼鏡《めがね》をかけている。

よくある耳に紐をひっかけるものではなく、金属の棒で頭を挟み込むような形状の珍品だ。

両者ともに年若く、輪郭《りんかく》には、童《わっぱ》に近いあどけなさが残っている。

懸命《けんめい》に兵《つわもの》を気取っているものの、押せば青汁の出そうなくらいの青二才。

見習いという立場だからか、あるいはその若さ故《ゆえ》か。

ラウルの立派な鎧と違い、量産品らしき鈍色《にびいろ》の甲冑に身を包み、得物も剣のみ。

思いつめたように表情を強《こわ》ばらせ、見るからに緊張した様子である。

黒須も彼らに名乗り返し、次に、護衛対象である貴族に挨拶をするよう頼まれた。

ラウルが声を掛けると、御者をしていた獣人が馬車の扉を開き、中から豪華な衣装を纏《まと》った人物が姿を現す。

「アンギラ辺境伯家の第三子、レナルド・アンギラです。こっちは僕の世話をしてくれているメイドのピナ。急な依頼に応じていただき、ありがとうございます。道中の護衛、よろしくお願いしますね」

レナルドは肩まで伸ばした長い金髪の、線の細い美青年だった。

なんとも中性的な顔立ちで、あと十歩離れた場所から対面していれば、女人《にょにん》と勘違いしたかもしれない。年の頃は二十代の前半、フランツとさほど変わらないだろう。

この巨大な街を支配する領主の血族と聞き、どんなものかと期待を寄せていたのだが——

……拍子抜けだな。あてが外れたか。

抱いていた期待感が音を立てて崩れ去り、思わず吐息が漏《も》れてしまう。

貴族の息子にしてはやけに腰が低く、覇気もまるで感じられない。

女好きのしそうな眉目《びもく》ではあるものの、ただ、それだけの男だった。

他に取り立てて特筆すべきところはなく、箸にも棒にもかからぬ、そこいらに転がっている優男といった風情《ふぜい》。

だからといって嫌悪するわけではなかったが、頭の中にある分類は決まった。

〝その他大勢〟という名の分類に。

冒険者ギルドでたまに顔を合わせる連中の人生が、自分に関わってこないのと同じだ。

見ず知らずの間柄から、僅《わず》かに半歩近いだけ。

目礼ぐらいは交わすが、その程度の関係に過ぎない路傍《ろぼう》の石。

この国の貴族について教えられていた黒須は、そんなものかと一人納得し、仲間たちと一緒に考えた口上を短く口にする。

「Cランク傭兵のクロスと申します。以後、お見知り置きを」

立ったまま挨拶をした傭兵に、ピナと呼ばれたメイドが眼を釣り上げて口を開きかける。

が、レナルドはそれを手で制した。苦笑とも強がりともつかない、複雑な表情で。

黒須は仲間たちから跪《ひざまず》いて挨拶をするよう言われていたものの、断固として了承しなかった。

本来は、自分が仕《つか》えてもいない相手に敬語を使うことさえ嫌だったが、あまりにも皆が必死に頼むので、仕方なく受け入れたのだ。これが最大限の譲歩である。

「それでは、我らは護衛計画について話し合いますので、レナルド様は今しばらくお待ちください」

ラウルがそう言うと、レナルドはピナを伴って馬車の中へ戻っていった。

メイドは最後に一度振り返り、本物の獣のような眼つきでこちらを睨《にら》みつけてきたが、当の本人は依然として奇妙な顔色を浮かべたままだ。

力のない微笑。豪華な衣装と対比して、その表情は随分とみすぼらしく見えた。

「さて、クロス殿。最初に確認しておきたいのだが、乗馬の経験はおありかな？」

「ああ、馬術はそれなりに嗜《たしな》んでいる。騎乗戦闘、騎射も問題ない」

大袈裟なことを述べたつもりはなかったが、ラウルはキョトンとした顔をする。

「騎射とはもしや、馬上から矢を射るという意味であるか」

「そうだが？」

黒須は今回、新たに購入した弓を持参していた。いつも借りているマウリの短弓が鍛錬中に壊れてしまったため、これ幸いと、自分専用に新調したのだ。馬に乗ることは分かっていたので本当は槍が欲しかったが、フランツとの値段交渉が上手《うま》くいかず、こうなった。

「ふむ……。どうやら聞きしに勝《まさ》る凄腕《すごうで》のようだ。いや、重畳《ちょうじょう》。では、あちらに馬を用意したので使ってくれ」

その言葉を待っていたかのように、アクセルが馬鎧《ばがい》を着た馬を一頭引いてきた。

濡《ぬ》れたように光る艶《つや》やかな黒鹿毛《くろかげ》。

乗り慣れている馬よりも二回り以上は大きく、装着されている馬具も日本の物とは若干異なる。

「よろしく頼む」

蹄《ひづめ》を蹴り立てて身体を震わし、やや興奮気味であったものの、鬣《たてがみ》を一撫でしてやるとすぐに落ち着きを取り戻した。というよりも、そう訓練されている様子。

多少の違いはあるにせよ、馬は馬だ。これなら特に支障ないだろう。

「隊列であるが、基本は私が先導し、馬車の左右を見習い二人に守らせる。貴殿には殿《しんがり》を任せたい。地形によっては適宜変更することもあるので、そのつもりでいてくれ」

「承知した。想定される敵はどんなものだ？」

「ガレナ荒野と言ってな。ナバルまでの道中は主に山岳沿いの荒地が続く。魔の森ほどではないが、魔物の襲撃は避けられんだろう。それに、あの辺りには盗賊も出ると聞く」

「野盗は殺してしまっても？」

「構わん。この馬車を襲う者は誰であろうと許しはしない」

吐き捨てるような言い方。常に紳士然と振る舞っていた男の、初めて見せる獰猛《どうもう》さだった。

捕縛せよと言われたら面倒だなと考えていたため、これはこれで都合がいい。

話し合いを終え、出発の準備を整える。

久しぶりの乗馬だったが、馬はやはりよく調教されているようで、こちらの意のままに動いてくれた。

馬上からの高い視点を楽しみつつ、装備されている馬具の調子を確かめておく。

独特な形状の鞍《くら》と鐙《あぶみ》。前輪《まえわ》の背丈が低いため、中腰の姿勢を保つには少し工夫が必要そうだ。

「出立!!」

ラウルの号令で全体が進み始める。

通常は街を出る際に門兵による審査を受ける必要があるのだが、事前に話を通していたのだろう。

兵士たちはただ敬礼をして馬車を見送った。

第三話　騎士さん、傭兵《ようへい》に話し掛ける

審査を待つ者の群れで大混雑している門前通り。

人の海を割るようにして、悠々《ゆうゆう》と辺境伯家の馬車が進む。

「お、おい……。なんかやべぇのが来たぞ」

「さっさと行けって！　ジャマなんだよお前！」

慌てふためき、我先にと言わんばかりに逃げまどう住民たち。

アクセルは口を真一文字に結んだまま、ただぼんやりとその様子を目で追っていた。

〝街区雑踏においては、見物しようと立ち止まる者にこそ、最大の注意を払うこと〟

護衛任務の教本には、たしかにそう書いてあった。

座学はあまり得意じゃないけれど、昨晩、眠る前にもう一度読み込んだので間違いない。

それなのに――

……………どうしよう。訓練とぜんぜん違う。

何かしなくてもいいのかという不安で、胸が苦しくなってくる。

やってやるぞと闘志を燃やしていた身にとって、無為な時間は生き地獄そのもの。漫然《まんぜん》とやり過ごさなければならない非生産的な状況が、初任務で意気込んでいた彼の心を堪え難《がた》いものにしていた。

もちろん、順調なのはいいことだ。厄介事《トラブル》なんて起こらない方がいいに決まっている。ただ、誰かに言って共感を得られるとは思わないけれど、円滑すぎて逆に辛《つら》いのだ。

訓練中は、この状況ではこうせよ、あの状況ではああせよと、常にせわしなく動き回り、全員に役目《やること》が割り振られている。忙しすぎて大変だろうと人に言われることもあるが、身辺警護として、部屋の片隅で置物のように突っ立っている時よりも、自分は訓練の方がよっぽど好きだ。

しっちゃかめっちゃかで、お祭り騒ぎくらいの方が余計な雑念を抱かずに済むし、なにより時が経《た》つのを忘れられる。夢中になっているからか、もしくは神経が張り詰めているせいか、疲れだってほとんど感じたことがない。一通り行程を終えて気がつくと、五時間近くが経過していたことだってある。

つまり、何が言いたいのかといえば、今のようにすることがない場合の身の振り方なんて見当もつかず、ほとほと困り果ててしまっているのだ。

二つの瞳はしっかり周辺を見渡しているものの、意識はどこか別の領域を彷徨《さまよ》っており、いつまでもぼーっとしているわけにも……と、心の中だけが嵐のように吹き荒《すさ》ぶ。

揉《も》め事《ごと》の一つでも起こらないかな、と考えてしまうくらいに。

――ダメだダメだ！　集中しないと、また隊長に叱られる……！

ぶんぶんと頭を振り、護衛としてあってはならない愚考を打ち消す。

考えるのをやめたい、やめよう。強くそう念じてみても、また振り出しに戻って考え始める堂々巡り。

それは執念深い呪いのようになって、頭の中をいつまでもぐるぐる廻《まわ》り続ける。

とはいえ、そんな彼の心情も、一部やむを得ない点があった。

なにしろ、民衆の方が勝手に道を空けてくれるのだから。

「おかあさん、怖いよう」

「ほら、こっちに来なさい。脇に避《よ》けましょう」

門を出て数分は、馬車に施された紋章の威光によるものかと、誇らしく思っていた。

ファラス王国には国王陛下を頂点とした細かな序列が存在し、道を譲る優先権など、交通ルールにも身分制度が反映されている。レナルド様は個人旗《バナー》をお持ちにならないが、それは辺境伯家の家紋があれば十分だからなんだな、と。

でも、いくら騒々しい雑踏とはいえ、過ぎ行く人々の囁《ささや》きというのは嫌でも耳に入ってくる。

貴人に対する憧憬《しょうけい》とは明らかに違う、弱々しい怯《おび》え声。

それらを聞くうち、大きな勘違いをしていたらしいと気付いてしまった。

「…………」

アクセルは後方を振り返り、新種の魔物を発見した学者の如く、まじまじと観察する。

たしかにあれでは、並の者は近寄れないだろうな——……

殿《しんがり》を務《つと》める傭兵は、どうやら、すれ違う者たちをその鋭い眼光で威圧することによって、馬車から遠ざけているようだった。

とりわけ武器を持つ者がいた場合には凄《すさ》まじく、離れた位置にいる自分ですら、後髪《うしろがみ》が逆立つほどの殺気を向けている。

ほら今も、静かに首をくいっと道端に向けて振った。無言で、早く行け、と言っている。

圧力をかけられた人がまた、背中を丸めて一目散に逃げていく。

警戒すべき野次馬《やじうま》なんて一人もいない。どの人も俯《うつむ》いて動かない。

車列が通り過ぎると、さあっと民衆は息を吹き返して歩き始める。ほっとしたように。

本来は、馬車の左右を守る自分たちが露払いとして群衆を散らす役割を担うはずなのだが、おかげで、その負担は大きく軽減されていた。

専属護衛を拝任している者として、尊敬の念を禁じ得ない離れ業である。

若いというより、いったい何歳なのか判断しかねるような外見の男。

野卑《やひ》な風ではないけれど、かといって都慣れた風でもない。

服装も、武器も。顔立ちさえも珍しく、唯一普通なのはクロスという名前だけ。

他国の人間であるのは確実だが、出自を探るヒントが一つたりとも見つからず、自分と同じ共通語を喋《しゃべ》っているのが不自然にすら思える。

どうして剣を三本も身につけているんだろう、とか。

何でスカートみたいなものを穿《は》いているんだろう、とか。

枯れ草を編んだサンダルなんてどこに売っているんだろう、とか。

そんな疑問が次から次へと思い浮かぶ。

一見して十代の自分と変わらないようにも見えるが、あれでCランク。

凄腕《すごうで》の傭兵なのだと隊長から説明を受けた。

同時に、ギルドマスターがわざわざ警告するほどの乱暴者だとも。

しかし、これから数日間は共に力を合わせて主《あるじ》を守る間柄だ。

訓練でも、外部の協力者と連携する場合は、早期に友好関係を築いておくことが重要だと教わっている。

どうすべきかと逡巡《しゅんじゅん》し、アクセルは馬車の反対側へ馬を向けた。

「なぁ、オーリック。クロス殿に話し掛けてみようか」

「そ、そうだね。でも、もうちょっと人通りが少なくなってからにしようよ。万が一通行人が襲ってきたら、ぼ、僕らがレナルド様を守らなきゃ」

生真面目な親友は初の護衛任務という状況もあってか、幾分か緊張した面持ちで返答した。

「それもそうだな」

忠告に従い、素直に馬を元の位置へ戻らせる。

つっかえつっかえ話す生来の発音のせいで、臆病者と誤解されることもあるが、オーリックは誰よりも聡明《そうめい》で用心深い男だ。

彼とは年齢が近く、親同士が親しいということもあって、兄弟のように育てられた。

ほとんど生まれ落ちた時からの幼馴染《おさななじみ》であり、血を吐くような過酷な訓練を共に耐え、苦楽を分かち合ってきた長年の戦友でもある。

少し短慮なところがある自分をいつも窘《たしな》め、正しい方向へと導いてくれる男の言葉に、アクセルは気合を入れ直して前を向いた。

◆ ◆ ◆

「クロス殿、少しお話させていただいても大丈夫でありますか？」

「そ、そろそろ人通りも少なくなってきましたので、今のうちに親交を深めたく………」

街を出発してから約二時間半。

周囲に人気《ひとけ》がなくなったのを見計らって、見習いたちは傭兵に声を掛けた。

騒然としていた門前と違い、晴天の街道には馬蹄《ばてい》のカツカツという音が規則的に響いている。

「ああ、俺もちょうど退屈していたところだ」

くるりとこちらを向いた傭兵と視線がぶつかり、アクセルは瞬間的に目を逸《そ》らしてしまう。

睨《にら》みつけられたわけではないけれど、なんというか、胸騒ぎに似た息苦しさを感じたのだ。

ファラス王国では不吉の象徴とされる、その漆黒の瞳に。

黒髪黒眼《くろめ》。生まれついての特徴は仕方がないにしても、なんだって服や武器まで黒一色なのか。

もし分かっていて故意的にやっているのだとしたら、常軌を逸しているとしか言いようがない。

「その……。隊長と話されているのを耳に挟みましたが、クロス殿は冒険者としても活動されておられるのでありますか？」

可能な限り平静を装い、慎重に言葉を選ぶ。

この男に対しては絶対に尊大な態度を取ってはならぬと厳命されているため、手綱《たづな》を握る手にはじんわりと汗が滲《にじ》んでいた。

「俺は主に冒険者として活動している。傭兵として依頼を受けるのは今回が初めてだ。アクセル殿、オーリック殿」

明瞭な、よく通る声。優に三馬身は離れているのに、まるで耳元で話し掛けられているかのようだった。

仮面のような無表情からは、何を考えているのか読み取れない。

いきなり襲いかかってくるとは思わないが、いつでも馬を動かせるよう、鐙《あぶみ》に乗せたつま先に力を入れる。

「クロス殿。我々はいまだ未熟な見習いの身でありますので、敬称は不要です。どうか呼び捨てにしてください」

「そうか。では、俺のこともクロスと呼んでくれて構わんぞ。近頃は呼び捨てされるのにも随分と慣れた」

「い、いえ、とんでもありません。我らは貴殿にご協力をいただいている立場ですので……。お許しを」

「まぁ、無理にとは言わん」

主に対して膝をつかなかった時は、情報通りの粗暴な人物なのかと思ったが——その意外なほど友好的な対応に、肩透かしを食らったような気分になる。

見下されるのも覚悟していたんだけどな………

騎士見習いは自他共に認める半端者だ。

貴族位は持っていないものの、主家に仕える直属の従士として、一般兵よりは立場のある身分。

簡単に言うと、自力で何かを掴《つか》み取《と》ったのではなく、親が騎士だから採点に補正がかかっているだけ。領軍の熟練伍長《ごちょう》と比較されれば、その評価は目盛り一つ分落ちる。

そんな自分たちに相対した際、庶民の反応は、往々にして両極端に分かれることが多い。

侮《あなど》るか、謙《へりくだ》るかだ。

彼の態度はそのどちらにも当てはまらず、自分たちに目線を合わせようとしてくれているように感じる。

若者に使うには不適切な表現かもしれないけれど、孫の相手をする好々爺《こうこうや》のような老練な雰囲気。

親子くらい歳《とし》が離れているはずなのに、ラウル隊長と話している時に似た不思議な感覚に陥り、見習いたちは無意識に背筋を伸ばしていた。

「クロス殿はCランクの傭兵でいらっしゃるのですよね？　い、依頼を受けていないのならば、何故《なぜ》？」

「話せば長いのだが………。いや、暇つぶしにはなるか」

時間も有り余っているしな、と太陽の位置をちらりと見上げて、傭兵は話し始めた。

彼の口から語られた話は、事前に聞かされていた印象を百八十度変えてしまうくらいに、衝撃的な内容だった。

「なるほど……。お仲間を侮辱されたことに端を発しているわけでありますか」

「な、仲間を想《おも》う気高い精神！　大勢を相手に一歩も引かない勇気!!　騎士を目指す者として敬服いたします！」

途中で遮ることなく耳を傾けていたが、少しの破綻も誇張もなく、嘘《うそ》を吐《つ》いているようには感じなかった。

英雄譚《えいゆうたん》を愛読しているオーリックはいとも簡単に籠絡《ほだ》されてしまい、中指で何度も眼鏡《めがね》を押し上げながら、キラキラと目を輝かせている。

しかし、これは一体どういうことだろう。

これでは乱暴者どころか、高潔な騎士そのものだ。

「二人は何故騎士になろうと？」

物思いに耽《ふけ》るアクセルを余所《よそ》に、突然、話題が転換される。

「我らはどちらも、代々辺境伯家にお仕えする家柄の者でありまして。幼い頃より、騎士である父から主家に相応《ふさわ》しい従者になるよう、言い聞かされて育ったのであります。文官という選択肢もあったのですが………。残念ながら、そちらに才能はありませんでした」

「ラウル隊長から日々ご指導いただいておりますが、騎士への道のりは遠く……。じ、実は、まだ実戦経験もありません。不甲斐《ふがい》ない身を恥じるばかりですが、こ、此度《こたび》の遠征、貴殿にお頼りする場面があるかも――」

「構わん。そのための護衛依頼だ」

見習いたちは自らの未熟さを恥じて、俯き加減に話していたが、傭兵はそんなことかと言わんばかりに断句を投げ入れる。

「お前たちはまだ若い。心さえ折れなければ、力など後からついてくるものだ」

確信に満ち、断定するかのような口ぶり。

いいや、お前たちはという言い回しからして、やはり、歳上なのは間違いなさそうだ。

「心さえ……。そういうものでありますか？」

「俺の故郷には〝心・技・体〟という言葉があってな。三つのうち、どれか一つでも欠けていれば未熟者と看做《みな》される。そして、最も重要とされているのが〝心〟だ。鍛え難く、折れ易《やす》い。だが、何かを成すためには、それがどんなことであれ、強靭《きょうじん》な心胆が必要になる。技や体だけに頼っていれば、大きな壁にぶつかった時に、容易に諦めてしまうものだ。故《ゆえ》に、志《こころざし》を持って臨めば成し得ぬことなど何一つない。少なくとも、俺はそうやって生きてきた」

「「…………」」

二人の若者はその言葉に強い共感を覚えた。

何事にも均衡を乱されない不屈の精神。一身の利害を度外視して行動する勇気。

彼の言う通り、自分たちが尊敬する騎士は一人の例外もなく、心の強い者ばかりだ。

対して、自分たちはどうだろうか。

未熟なのは本当に、力不足だけが原因だっただろうか。

親に言われるがまま日々訓練に励んでいるが、そこに確固とした信念はあっただろうか。

そんな疑問が胸をかすめ、しばし、頭を悩ませる。

規律を重んじる騎士社会。厳格な上下関係というものは、ときに脳死的な人間を作り出す。

いや、誤魔化《ごまか》さずに言えば、忠実な一兵卒となるよう、あえて意志を奪い去るのだ。

あれをしろ、これをしろ。勝手なことはするな、自分で決めるな。

日夜繰り返される強制は洗脳に近く、人の頭から、ものを考える回線を取り外してしまう。

人格への介入は自己否定に繋《つな》がり、自己否定は心理的な視野狭窄《きょうさく》状態を、視野狭窄状態は主体性の欠落を生む。

いずれ正常な判断力は喪失し、何も自分で決められない、傀儡《くぐつ》のような人間が出来上がる。

そんな日々を過ごすうち、次第に、命令されるのが楽になってくる。

一日のスケジュール、訓練の内容、行動範囲。

ややこしいことは何も考えなくていいし、言われた通りにやっていればいい。

責任は命じた者にあって、従っていれば自分は食いっぱぐれない。

――そんなのが目指すべき姿なのか？

まるで何か言われたらすぐに動き出そうと待ち構える従順な犬。志なんてあったものじゃない。

門前通りでの一幕を思い返す。

やることがなくて、何をすればいいのか分からなかった。典型的な指示待ち人間だ。

――それを忠誠と呼べるのか？　忠実でさえあれば、それでいいのか？

そうじゃないだろ。

言われるがまま疑問も持たず、無様に頭を下げ続けるだけ。

信念もなく、通すべき筋を引っ込め、ただただ流れに身を任せる。

そんな者が騎士になんてなれるはずがない。

——そもそも忠誠心ってなんだ？　あるべき主従関係とは？

無言で馬を歩かせる見習いたちは、先頭を進むラウルが温かい眼差《まなざ》しを向けていることには気が付かなかった。

ラウルは目線を前方に戻すと、今の会話に思いを巡らす。

強靭な心がなければ壁にぶつかった時に諦めてしまう、か。

たしかに、その通りであったな。

心をもっと鍛えてさえいれば、私はこんな——晩節を汚すような有様にはならなかっただろうに。

後悔、悲しみ、切なさ、孤独。そうした押し隠すことのできないいくつもの感情が混ぜこぜになって、べったりとラウルの顔に張りついていた。

第四話　冒険者さん、旧友に遭遇する

何かが引っかかるようなガタ、ガタという音。

それを耳にしたフランツは、手入れしていた剣をそっと机の上に置き、急ぎ足で自室を出る。

これは建て付けの悪い玄関扉の音だ。

何度修理しても直らないので、今ではドアベル代わりと思うようにしている。

「ただいまです〜」

「おかえり。散歩でもしてたの？」

歌うような調子の声。

朝食後から姿の見えなかったパメラが、なぜかご機嫌な様子で帰ってきた。

「む、戻ったか。探しに行くかどうか迷っておったんじゃが」

「どこ行ってたんだよお前？」

今日から本格的に迷宮《ダンジョン》探索の準備を始めると言っておいたのに、いつの間にかいなくなっていたので、もしかすると一人で先に出掛けてしまったのではと、残された皆で心配していたのだ。

「ふふふ〜。聞いたらきっとビックリしますよ？」

人差し指をピンと立て、彼女は得意げにここ数時間の出来事を語り始めた。

「騎士様のところに行ってた……!?」

彼女はたまに、思いもよらない大胆な行動に出る節がある。

そのことはよく知っていたつもりだったが、まさか、ここまで命知らずだったとは。

「ムチャしてんじゃねえよバカ!!　……おい、流民《るみん》なんかが貴族と直接話していいのかよ?」

「そりゃあ、話したくらいで罰せられはせんじゃろうが………」

領主の息子には会わなかったそうだが、それでも、騎士だって貴族には変わりない。

階級制度《カースト》でも最下層に近い流民が気軽に話し掛けるなど、危険極まりない行為である。

他領から来た冒険者の話では、平民を攫《さら》って手籠《てご》めにしてしまう貴族もいるそうだ。

流民なんて、犬や猫と同列に思われていたって不思議じゃない。

「大丈夫ですよ。ちゃんとご挨拶だってできましたし!」

「「「…………………」」」

その自信満々な返答に、三人は無言で目を見合わせる。

全員の顔に『嘘《うそ》だな』と、はっきりそう書いてあった。

事を余計にややこしくしていなければいいんだけど――――

◆　◆　◆

「じゃあ、夕方の鐘が鳴る頃にここで合流ってことにしようか」

冒険者ギルド内にある食堂の一席。

一行は早めの昼食を摂《と》りつつ、行動計画を立てていた。

「今日は値段の確認だけしてくればいいんですね？」

「うん。まだ出発まで数日あるし、経費はなるべく抑えたいからね」

〝迷宮に持っていきたい物リスト〟はすでに完成しているが、魔法袋という想定外の収穫があったおかげで、その項目はとんでもない数になってしまっている。

初回探索の報酬で懐に余裕があるとはいっても、全てを購入すれば当然、破産まっしぐら。計画的に準備を進めるため、まずはそれぞれの値段を調査し、リストの中から優先順位を決めてしまおうという作戦だ。

「では、儂《わし》とパメラは食料関係を中心に調べる。そっちは雑貨類を頼むぞい」

「了解」

二組のペアに分かれ、一行は冒険者ギルドを後にした。


「まずどっからだ？」

「そうだね。一番手間がかかりそうな雨対策の装備から見たいんだけど………」

ペラペラとリストをめくる。

テント、ブーツ、レインコート――……

上から順に防水関係の項目へ指を這《は》わせていると、ある一点で、指先がピタリと止まった。

「マウリ、これって何か知ってる？」

フランツが示したのは、リストの最後にでかでかと書かれた奇妙な一文字。

記載されている単語の意味は分からないものの、この恐ろしく強い筆圧には見覚えがある。

「ああ、クロスが出がけに追加してたぜ。たしか、〝カサ〟とか言ってたな」

「傘って――――お金持ちの御令嬢《ごれいじょう》とかが日除《ひよ》けに使う、あれ？」

女性の装飾品には詳しくないが、肌が焼けることを嫌う富裕層の、おしゃれグッズだったと記憶している。

雨対策にはまるで関係がないし、そもそも、勘違いでなければクロスは男性だったはずだ。

「いや、なんか頭に被《かぶ》るっつってたな。分かんねえけど、帽子みたいなもんじゃねえか？」

「……コートとブーツも必要だし、ヤナさんの店で聞いてみようか」

スカートを買おうとした一件もある。

もしかすると、ヤナなら何か知っているかもしれない。

とりあえずの目的地が決まり、二人は洋服屋の方面へ向かう乗合馬車に乗り込んだ。


「――――あれ？」

ガタゴトと揺れる馬車の荷台。席の端に知った顔を見つけた。

向こうもこちらを見ている。目が合うと、ぎこちない会釈を寄越《よこ》した。

「あん？　ギルダとクラリッサじゃねえか」

「よ、よお」

「お久しぶりねぇ」

マウリが声を掛けると、女性が二人、転ばないよう中腰でこちらへやって来る。

剣士風の格好がギルダ。魔術師風の格好がクラリッサ。

二人ともほとんど同年代で、フランツとは、冒険者の同期に近い間柄だ。

「フランツ。ちょっと見ないうちに逞《たくま》しくなったんじゃない？　マウリはあんま変わんないけど」

「うっせえよ。ほっとけ」

頭を撫《な》でようと伸びた手を、もう一方の手が払《はら》い除《の》ける。

クラリッサとマウリがじゃれ合うのを横目に見つつ、フランツは気まずそうにしている片割れに顔を向けた。

「久しぶり。元気だった？」

「お、おう。なんとか生きてる。お前も……まだくたばってなかったんだな」

こうして面と向かって言葉を交わすのは、何年ぶりのことだろう。

クラリッサとは何度も会っていたけれど、彼女はいつも、自分を見ると逃げてしまうから。

「フランツ。あたしな……。こないだ、Aランクになった」

「……そっか、おめでとう」

ギルダは、フランツが田舎《いなか》からアンギラに出てきて、初めて仲良くなった友達だった。

◆　◆　◆

出会いは単純。

ギルドを訪れたタイミングが偶然に重なり、ディアナに二人まとめて冒険者登録をされたのだ。

窓口で手続きをしながら話しているうちに意気投合し、そのまま一緒に安宿を探しに出かけた。

雑魚寝《ざこね》の大部屋だけど、冒険者割引のきく格安の宿を見つけ、二人ともそこを定宿に決めた。

彼女は領都出身の地元民。自分と同じように、ソロ冒険者としての立身出世を望んでいた。

だから、パーティーを組んでいたわけじゃない。

毎朝それぞれ別に出かけ、それぞれ別の依頼を受けていた。

依頼中にあった出来事を共有したり、買ったばかりの装備を自慢し合ったり。そんな関係だ。

でもいつからか、晩御飯だけは一緒に食べる習慣ができた。

安宿で二人で食事。来る日も来る日も、生ぬるい葡萄酒《ワイン》と安物のパン。

大部屋で物音を立てると喧嘩《けんか》が始まるので、隠すように出してそっと食べる。

ああ、たまにはジャムつきのパンが食べたいなあ、なんて零《こぼ》しながら。

自分は独り立ちしていても貧乏だし、ギルダは最近まで親の脛《すね》かじりをしていたけど、お小遣いもそんなに貯《た》めていなかったので、二人は財布を見せ合いながら毎晩食べるものを決めていた。

先の保証もなく、ゴールのないレースを無限に駆け続けるに等しい日々。

回遊魚のように、毎日同じ依頼、同じ報酬、同じ食事、それの繰り返し。

お互いを励ましつつ、細々と、味気ない下積み生活を送っていた。

『いつかSランクになって、絶対にいい生活を手に入れよう』

隣り合ったベッドの中で何度も語り合った夢。

まるで心細い子供が泣いているみたいに、情けない呪文だった。

初めて討伐依頼を成功させた時は、世界一のお金持ちになったような気がした。

それでも、ちゃんとした装備を整えるため、いつもと同じ葡萄酒とパン。

フランツの寝床には、元は蜂蜜が入っていた大きなビンが置かれていて、中に銅貨から金貨まで、全部の種類の硬貨がごちゃごちゃに詰まっていた。

そんな生活が一年も続いただろうか。

ある日。ギルダはソロ冒険者を諦め、パーティーに入ると言った。

フランツはそれが許せなかった。裏切られたような気持ちだった。

勝手にしろと喧嘩別れになって、結局、そのまま彼女は安宿から旅立っていった。

◆　◆　◆

過去を振り返れば、彼女の方が現実の厳しさを見抜いていたのだと思う。

ソロ冒険者としての出世に固執し、Eランクに甘んじてしまったフランツ。

Sランクになるという目標に焦点を定め、Aランクにまで上り詰めたギルダ。

結果を見れば、どちらが正しかったかは明白だ。

それに、もしかしたら――――自分は、ただの嫉妬深い人間だったのかもしれない。

本当はあの時、他の誰かじゃなくて、一緒に組もうと言ってほしかっただけだったのだ。


「でさでさ。その、クロスくんだっけ？　どんな子なのよ」

「えらい強いって評判だよな」

クラリッサを介して話すうち、数年ぶりの気まずさは一掃されていた。

近況報告も兼ねた世間話をしていると、最近加入した新メンバーが話題にのぼる。

「傭兵《ようへい》ギルドにカチ込んだって噂《うわさ》、あれってホント？」

「カチ込んじゃいねえよ。どっからの噂だそれ」

意外にも、話題を出したのは彼女たちの方からだった。

フランツたちは知る由もなかったが、実は、クロスが一部の高位冒険者の間で噂になっていたらしい。根も葉もないとは言えないが、かなり、脚色された内容で。

いわく、突如現れた新人が各所で大暴れしていると。

ヘルマンと殴り合い、傭兵ギルドに押し入り、その場で何人か始末したと。

大筋は合っていても、すんなりとは筋が通らない内容に変わり果ててしまっていた。

「同じ支部の先輩として、有望な新人とは早めに仲良くなっておきてえな。今度紹介しろよ」

ギルダの発言に、フランツとマウリは顔を見合わせる。

「どう思う？」

「無理だろうな。興味ないの一言で終わりだぜ、絶対」

「お菓子が食べられるとか言って連れ出せば……うまくいくかな？」

彼は狂犬病のような男で、人と関わるのは、たいてい嚙《か》み付《つ》く時だけだ。

他人に対して滅多《めった》に心を開くことはなく、愛想笑いすらしない。

友達を紹介したいなんて言っても、きっと簡単には頷《うなず》いてくれないだろう。

「ちょっとちょっと。どういうこと？　そんなに扱いにくい感じの子なの？」

「お前らがAランクだって知ったら、どんな反応するか想像できねえくらいにはな」

フランツはマウリを肘でつつき、余計なことを話すなと注意する。

ギルダも、どちらかと言えばそっち側の人間なのだ。

ただ、クロスに関しては〝普通に話す〟ということでさえ、とても難しいと思う。

笑わせようとか、盛り上げようとか、沈黙が気まずいとか。

そういうことを一切気にしない性格でないと、同じ空間にいるだけで辛《つら》いはずだ。

「じゃ、仲良くなるためのコツとかあったら教えといてくれよ」

「クロスと仲良くなるコツかぁ…………」

自分たち自身がどうやって親密になったのか、よく分かっていないのに。

「まずはアレだな。目を合わせねえことだ」

「……ねえ。人と仲良くなる方法についての話よね？　猛獣じゃなくて」

「アイツは初対面の相手を睨《にら》みつける。値踏みっつーか、わざと威嚇して反応を見てんだろうな」

最初は意味が分からなかったが、フランツも、マウリの言いたいことを察した。

「もし少しでも怯《おび》えたり、目を逸《そ》らしたりすると、一気に興味を失うみたいなんだ」

何度か見た表情の急変。いや、目の色が変わるというべきだろうか。

興味深そうに見つめている最中でも、ある瞬間を境に、突然感情が消え失《う》せるのだ。

「睨み返してもダメだぜ。そうすると、いきなり戦闘モードになっちまうからな」

「どうしろってんだよ………」

ギルダは呆《あき》れたような表情を浮かべるが、正解なんて誰にも分からない。

マウリやトト一家とのやり取りを見るに、どうやら子供好きではあるらしいのだが、それだって、自分たちが家畜の子供に抱く感情に近いのものだと思う。

もし食べ物が何もなくなって、必要に迫られれば殺すだろう。

そして、彼の温情は身内にのみ向けられる。

本人を中心に描かれた、極々小さな輪の内側にいる数人だけが受ける恩恵。

他の人に対して不親切というわけではないけれど、それは暗闇で先を歩いて大きな石があると教えてくれるとか、二つの荷物があれば重い方を持ってくれるとか、その程度のものだ。

「んでもアレだな。そんだけ強《つえ》えなら、昇格も早《はえ》えだろ。きっと」

「その気は全然なさそうだけどね」

彼の欲望は非常に複雑で、しかも独特だ。

名声を得たいという欲求はあるが、それはあくまで武勇によるものであり、地位や立場にはまるで関心を示さない。その分野で成り上がりたいという前提がないからこそ、逆に、冒険者や傭兵にも簡単に登録する。ヘルマンとの面会の時、資格剝奪《はくだつ》を気に留めなかったように。

「ま、どーせそのうちギルドで会うことになるだろ」

「どんな変人か、それまで楽しみにしときましょ」

二人は冗談らしく言って、この話題の討議打ち切りを宣告した。

第五話　騎士さん、傭兵《ようへい》の実力を知る

「全騎停止せよ！　前方、犬鬼《コボルド》三体！」

荒地に入り、山が近くに見え始めた頃。街道上に魔物が現れた。

ラウルは大声で指示を出しつつ、対応を考える。

護衛はたったの四人。守るべき馬車を放置して、全員で向かうわけにはいかん。

見習いたちでも十分に倒せる相手ではあるが、奴《やつ》らには実戦経験がないため万一があり得る。

となると、馬車を見習いに任せて私が出るか？

いや、それもまた不安。

ここは――――……

「ラウル殿、ここは俺がやろう」

こちらの思考を先読みするように、傭兵がいち早く声を掛けてきた。

「すまぬ。頼めるか」

「ああ。この布陣なら、余程の大群でない限り俺が戦うのが最善手だ」

言うが早いか、クロスはその場で弓を構えると、即座に馬上から速射した。

こちらに気付き、駆け出そうとしていた犬鬼の眉間に風穴が空く。

「なっ……!?」

速い――――!!

それになんという威力と精度だ!

速射性の悪い長弓《ロングボウ》を使っているにも拘《かかわ》らず、構えてから射るまで、三秒と掛かっていない。

それも不安定な馬上から。二十メートル以上離れた敵に向けて。

複合弓《ラミネーテッドボウ》にしては長大すぎる形状に思えるが、かといって、凡庸な単弓《セルフボウ》にあるまじき殺傷力。

……………魔道具、か?

確証はない。騎士にとって、弓は馴染《なじ》みの薄い武器だ。

鎧《よろい》の構造上扱いづらく、なにより『飛び道具は卑怯《ひきょう》なもの』という認識が支配的なためである。

遣い手が一人もいないと言うと嘘《うそ》になるが、その大半は功績によって騎士登用された元民間人。

ただし、たとえ歩射であったとしても、頭蓋を貫通させるほどの威力を出せる射手は滅多《めった》にいないはず。

驚愕《きょうがく》しているラウルを尻目に、クロスは間を置かず馬を走らせる。

手綱《たづな》を手放し腰の剣を引き抜くと、狼狽《うろた》えている二体の間を縫うようにして走りながら、すれ違いざまに首を刎《は》ねた。

これは――――……想像以上であるな。

彼の持つ得物は長剣と呼ぶには些《いささ》か刃渡りが短く、騎乗戦闘に向いているとは言えない代物だ。

それを物ともせず、まるで鞍《くら》と下半身が接着しているのではと思えるほど上体を傾けて剣を振ってみせた。

下肢が未熟な者があんな真似《まね》をすれば、腰を酷《ひど》く痛めるか、瞬《またた》く間に落馬してしまうだろう。

まさしく人馬一体。

我々とは全く系統を異《こと》にする馬術だが、騎士団の訓練でもお目に掛かれないような神技である。

「いやはや、お見事。クロス殿は剣士と伺っていたが、弓も馬も一流なのだな」

笑顔で手を叩《たた》きつつ、偽らざる賛辞を贈る。

腕の良さも然《さ》ることながら、彼の取った行動は明らかに、こちらの心中を察した動きだった。

あの速射であれば、三体とも弓で仕留められていたはず。

あえて突撃したのは、彼の経歴を知らない自分に腕前を披露するためだろう。

いくら旧友《サリア》からの推薦とはいえ、初対面の傭兵。

その力量を不安視するのは、護衛責任者として当然のこと。

しかし、今の戦闘だけで、彼の実力は信頼に足ると否応《いやおう》なく認めさせられた。

「俺の国では騎射は花形、最高位の武芸とされている。馬上弓術は武士たる者の必須技能だ」

「ブシ……？　いや、それでもあの威力は素晴らしかった。貴殿は生国《しょうごく》でも有数の遣い手だったのではないか？」

「弓馬《きゅうば》の道は殊に励んだつもりだが、俺など所詮、鎧三領の射通しが精々だ。誇れるほどの腕ではない。高名な弓取りには八町……八百七十めえとる先の船の横腹を射抜いて沈める者さえいる」

「――――なるほど」

弓の話をしていたつもりが、いつの間にやら投槍《ジャベリン》の話にすり替わっている？

いや、投槍器《アトラトル》を使ったとしても、有効射程は百メートル前後。

共和国から弩砲《バリスタ》を仕入れた際に、アンギラの城壁で試射に立ち会ったが、あの大型兵器でさえそこまでの攻撃範囲はない。

微塵《みじん》の笑みもない仏頂面を向けられ、判断に迷う。

これは、彼なりの冗談と受け取ってもいいのだろうか。

「この国では弓騎兵が珍しいのか？」

「うむ、馬上から弓を射る兵科は存在しておらんな。森人族《エルフ》の国には、そのような様式もあると聞き及んでいるが」

かの国は自主独立を謳《うた》う閉鎖国家。

建国の経緯が不遇だったこともあり、他国からの干渉を一切拒絶している。

そんな強硬姿勢が維持できるのも、圧倒的な軍事力を保有しているからこそ。

魔導騎兵隊という独自の一軍を組織しており、弓と魔術を主体に、高速移動しながら遠距離攻撃を繰り返す、機動打撃戦術を得意としているそうだ。

「道理で、何処《どこ》を探しても尖矢《とがりや》しか見当たらんはずだ。鏃工《やじりこう》がいないのか。……いや、魔術が存在する故《ゆえ》に弓や砲が軽視されていると考えれば、それも頷《うなず》ける。今度オーラフに頼んで、柳葉《やないば》と楯割《たてわり》だけでも造ってもらうとするか――」

彼は顎に手をやって、突然、ブツブツと自分の世界に入り込んでしまった。

その様子を眺めながら、ラウルもふと考えに浸る。

……これだけの腕を持ちながら、これまで無名だったのはどういうことだ？

優れた才能は、いつでもどこでも、遅かれ早かれ認められずに終わることはない。

特にアンギラでは、他領に比べて冒険者、傭兵ともに非常に重視されている。

優秀な人材の情報は余すことなく、辺境伯家に届けられているはずなのだが――


束《つか》の間《ま》考え込んでいると、馬車を警護していた見習いたちが恐る恐るやって来た。

「手綱を持たずに馬を操るとは……。おみそれいたしました」

「拍車もつけておられないのに、い、一体どうやって……。こう、いやっ、こうかな？」

オーリックは太腿《ふともも》で馬の胴を強く挟み体を捻《ひね》ってみるが、馬は嫌そうに鼻を鳴らすだけで、思うように動いてくれない。

馬に指示を伝える方法のことを〝扶助《ふじょ》〟と呼び、中でも、一番使うのが脚扶助《きゃくふじょ》だ。

ただし、見習いたちの習ったそれは、踵《かかと》に装着した拍車やふくらはぎで馬の腹を刺激して、速度を操るための技術。左右の動きには対応しておらず、どうやったのか見当もつかなかった。

「この馬が優秀だっただけだ。魔物を全く恐れない。よく訓練されたいい軍馬だな」

「ふはは、ご謙遜であるな。まぁ、貴殿がそう言うなら、そういうことにしておこう」

北に全軍を向かわせている状況で、優秀な軍馬が残っているわけがない。

ラウルたちの乗る馬は、どれも一線を退いた老馬ばかりだ。

「クロス殿、そ、それはどうされるのですか？」

少し目を離した隙に、クロスは犬鬼の死骸へ歩み寄り、それぞれの右耳を切り取っていた。

「〝事後受注《あとだし》〟と言ってな。討伐証明を持ってギルドへ行き、もしその魔物の依頼書が貼り出されていれば、受注して即達成となる場合がある。いわゆる冒険者の知恵というやつだ」

何故《なぜ》だろう。今までにない晴れ晴れとした口調と得意顔《したりがお》。

弓や馬のことを質問された時に比べて、随分と嬉《うれ》しそうな様子に見える。

まるで、学びたての知識を自慢する子供のような――

「冒険者の知恵でありますか……！」

「ぜ、是非詳しくお伺いしたいです！」

見習いたちはこれまでの人生で冒険者と関わったことがなく、クロスの話に興味津々だった。

騎士を目指す者として非常識と言われるかもしれないが、得てして、英雄譚《えいゆうたん》とは冒険者を題材にしているものが多い。若い二人が目を輝かせるのも、無理のない話だ。

「これこれ、続きは進みながらにせんか。レナルド様をお待たせしておるのだぞ」

ラウルは興奮する見習いたちに一言掛けて落ち着かせると、御者席のピナに目をやって行進を再開させた。

第六話　騎士さん、決意する

「ここで一度休息を取る。お前たちは周辺の警戒に当たれ」

アンギラを出立してから約半日。

一行は、街道沿いの空き地で休憩することにした。

ラウルが馬車の近くに残り、他の者は散開して警戒を厳《げん》にする。

草も生えない剝《む》き出《だ》しの赤土に、石ころばかりの荒野が続いていたが、この場所だけは別天地《オアシス》のように草木が生い茂り、空気も澄み切っている。残念ながら水場がないため、馬たちに水を与えてやることはできないが、痩身で疲れやすい主《あるじ》に一息ついていただくには、絶好の環境だろう。

ラウルは草を食《は》む愛馬の鬣《たてがみ》を労《ねぎら》うように一撫《な》ですると、下馬して馬車に歩み寄った。

「レナルド様、ここで一時間ほどの小休止といたします。短い時間ではありますが、少し体をお休めください」

「紅茶をお淹《い》れいたしますね」

「ありがとう。ラウル、ピナ」

ピナがレナルドの背中に手を当てて、丁重にエスコートする。

足元をふらつかせながら馬車を降りる主は笑みを浮かべているものの、やはり、その顔色は若干優れないように見えた。

「いやぁ、やっぱりピナが御者だと快適だよ。油断するとうっかり居眠りでもしてしまいそうだ」

「そう仰《おっしゃ》っていただけると嬉《うれ》しいです」

「我らに構わずお休みいただいて結構ですぞ。今夜は久々の野営となります。安眠は難しいでしょうからな」

自分たちを案じさせまいと気丈に振る舞う主の心遣いに、ラウルの胸がちくりと痛む。

長年の雨風に晒《さら》されて荒れ放題の悪路。後ろから護衛総出で馬車を押さないと通れない場所も多く、凸凹《でこぼこ》だらけの道はもはや駱駝《らくだ》の背を歩むようなもの。

うたた寝などできるはずがないことは、三人とも承知の上での会話だった。

石畳の敷かれた街中と違い、未舗装路を走る馬車は乗っているだけで体力を消耗する。

そもそも輜輬車《キャリッジ》は儀礼用であって、輻《スポーク》もなければ懸架装置《サスペンション》すらついていないのだ。その苦痛は並大抵のものではなく、たった数時間の移動が一日の労働に匹敵するとさえ言われている。

本来、貴族の旅路はもっと細かく休息を挟むのだが、今回は火急の用件のため、通常ではあり得ないほどの強行軍。主にかなり無理をさせてしまっている自覚はある。

ふーっと、疲れを吐き出すように無音のため息を一つ。ピナが荷台から取り出した簡易テーブルセットに座ると、レナルドはこちらに隠すような仕草で腰の辺りをそっと摩《さす》った。

「それにしても、この辺りは魔物が多いね」

「人里離れた街道は、どうしても駆除の手が行き届きませんからな」

事前に覚悟していたことではあるが、ガレナ荒地に入ってからは頻繁に足止めを食らっている。

手を焼くほどではないにせよ、煩《わずら》わしいことに変わりはない。

「ですが、我々は幸運ですぞ。あの傭兵《ようへい》、相当な手練《てだ》れです」

「ああ、僕も見ていたよ。ほとんど彼が一人で魔物を倒していたね。ラウルの目から見ても強いのかい？」

レナルドはギィッと椅子を鳴らして、背もたれに寄りかかっていた上半身を起こした。

身分や年齢を問わず、いつだって男子はこの手の話題に無垢《むく》な憧れを抱くものだ。

「極上、と言わざるを得んでしょうな。恐らくはCランクの中でも最上位の逸材。素性の知れない傭兵でなければ、護衛官として正式に勧誘したいと思うほどです」

馬、弓、剣。どれか一つに秀でているのではなく、全てが一流。どこを切り取っても非の打ち所がないため、つい見蕩《みと》れずにはいられない、お手本のような技術だった。

広く浅く手を出して学んだ万能型《オールラウンダー》というよりも、それぞれの専門家《スペシャリスト》という表現が適切だろうか。

個々の水準が既に達人の領域に踏み込んでおり、多岐にわたって緻密な知識まで有している。

しかも彼の口ぶりからして、まだまだ引き出しを隠していそうなのが恐ろしいところだ。

「それほどなのか……。話に聞いていた通りの荒くれ者では？」

「いえ、むしろ謹厳実直《きんげんじっちょく》。一貫して友好的な態度に終始しております。それに、アクセルたちと話しているのを聞きましたが……。どうやらサリア殿の話は少しばかり、傭兵ギルドに都合のいいものだったようですぞ」

「と言うと？」

不思議そうに首を傾《かし》げた主に対して、ラウルはクロスが話していた内容を掻《か》い摘《つま》んで説明した。

「───それって、完全にギルド側に非があるよね」

「同感ですな。もしその状況に置かれれば、私でも、冷静ではいられないでしょう。あの警告に嘘《うそ》はありませんが、要点は暈《ぼか》していたようです」

サリアはあたかも、ギルドを訪れた彼が前触れもなく暴走したような言い方をしていた。

しかし、原因を聞けば何のことはない。逆恨みの私刑《リンチ》に対して反撃しただけだ。

それも、傭兵が彼の仲間を侮辱したことが発端だと聞けば、十分に情状酌量の余地がある内容だった。

「ずいぶん誇り高い傭兵なんだね。騎士みたいだ」

「いずれにせよ、私は彼が信用に足る男だと判断しております。小勢の我らにとっては僥倖《ぎょうこう》かと」

あの若さでどうやってあれだけの武勇を身につけたのか、いまだ謎多き人物ではある。

とはいえ、護衛という一点に関しては、間違いなく心強い味方だ。

「見習いたちとの相性はどう？」

「良好そうです。任務中にあれだけ楽しそうにお喋《しゃべ》りする方法を私は知りませんからな。後ほど、奴《やつ》らからコツでも教わろうかと思っておったところでして」

「……あんまり厳しくしないであげてね？」

そんな会話に花を咲かせていると、噂《うわさ》をすれば影。件《くだん》の傭兵が馬に乗ったまま近づいてきた。

「馬上から失礼する。視線を動かさずに訊《き》いてくれ」

出し抜け、かつ、奇妙な要望。

よく分からずに横を向くと、主もこっちを見返していた。

傭兵は発言の意味が二人の頭に染み込むのを待ち、声を低めて言葉を続ける。

「北東の木陰に怪しげな連中が潜《ひそ》んでいるのを見つけた。武器を持って、こちらの様子を覗《うかが》っているようだ」

「「――――――ッ!!」」

二人の顔に緊張が走る。

彼が言った方角は、ちょうど自分たちの真後ろだ。

忠告されていなければ、思わず目を向けてしまっただろう。

「…………人数は分かるか?」

数秒の間を置き、搾り出すようにして口を開く。

他に聞くべきことはいくつもあったが、気が動転し、質問を探すのに手間取った。

「確認できたのは七人。だが、他にも伏兵がいるやも知れん。俺は気取られぬよう、もう少し周囲を探ってくる。その間に対応を考えておいてくれ」

そう言い残して、傭兵はさっさと行ってしまった。

ラウルは己の犯した失態に思い至り、顔色を失う。

恐らく、相手は噂にあった盗賊。街から尾行されたのではなく、馬車を停《と》めるには好都合なこの場所で、待ち伏せしていたに違いない。

つまり、わざわざ自分から盗賊の狩場に飛び込んだようなものだ。

高所での綱渡りで足を踏み外したかのような寒気に襲われ、全身の血が冷えて、動悸《どうき》が速まる。

「――――馬車に飛び乗って逃げるのはどうかな？」

自責の念から呆然《ぼうぜん》と思考の海に沈んでいたが、緊迫した主の声にはっと我に返る。

いつもの悪い癖だ。守るべき主に、先んじて対応を考えさせてしまうとは。

「二頭立ての馬車は発車準備に時間を食います。乗り込む素振りを見せれば、その瞬間に襲いかかってくるでしょう」

周辺に馬を隠せそうな場所はないため、連中が徒歩であるのは明らかだ。

主の言う通り、馬車に乗りさえすれば逃げ切ることも容易に思える。

ただ、それよりも確実なのは――――……

「私がレナルド様を馬に乗せて逃走します」

「ちょっと待ってくれ、ラウル。それって、ピナはどうするつもりなんだ？」

現在、レナルドは馬車の隣で椅子に座っており、ラウルの愛馬までの距離は近い。

素早く動けば、三十秒と掛からず馬に乗って駆け出せるだろう。

周囲を警戒している見習いたちも騎乗しているため、こちらが走ればすぐに追走してくるはずだ。

しかし、ピナだけは紅茶を淹《い》れる湯を沸かすために、離れた場所で薪《まき》を拾っている。

「………致し方ありません。どうか、ご理解を」

「ダメだっ!!」

悲鳴に似た叫びが荒野に響く。

跳ねるような勢いで立ち上がったため、その反動で椅子が倒れた。

「レナルド様……ッ！　声を抑えてください……！」

あまりの大声に、ラウルは咄嗟《とっさ》に周囲を見渡す。

騎士が叱責されているとでも思ってくれたのか、幸いにも、特段状況に変化はなかった。

「ラウル。ピナは僕が五つの時から一緒に育った姉にも等しい存在なんだ。こんな僕を見捨てずに、ずっと仕えてくれている。だから、僕も彼女を見捨てることは絶対にできない」

主の身の安全を最優先に考えるのであれば、二人で遁走《とんそう》するのが最も生存率が高い手段。

しかし――

「……では、どうにか戦ってみましょう。レナルド様は私の合図で馬車にお隠れください」

レナルドの表情から不退転の決意を感じ取り、ラウルは即座にその選択肢を捨てた。

主の意向に献身で応え、忠義を尽くすことこそが騎士の本懐。

主命《しゅめい》に背いてまで押し通す己の意見などありはしない。

「すまない、ラウル。元騎士団長が、こんな出来損ないのために…………」

「何を仰いますか。私はレナルド様にお仕えできることを誇りに思っております。それに、老骨とはいえまだまだ現役。こんな所で主を残して死ぬつもりなど、毛頭ありませんぞ」

泣き出しそうな主を勇気付けるためになけなしの笑顔を向け、ラウルは決死の覚悟で腹を括《くく》った。

レナルド様にお仕えすると決めた時、誓ったのだ。

いかなる厄介事も受けて立ち、終《つい》の主のため、万難を排す存在であろうと。
今の状態の私がどこまで戦えるかは分からんが、何としても守り切ってみせる。
絶対に、この命にかえても——
決意の炎を瞳に宿らせ、あやふやな気持ちを押し潰すようにぎりぎりと拳を握る。
一度開き、また握る。
強く、痛いほどに。

第七話　騎士さん、傭兵《ようへい》に敵対される

「南西に二人と南東に一人、弓士が隠れている。用意周到なことだ。なかなか小癪《こしゃく》な連中らしい」

傭兵は偵察から戻ると、敵を油断させるためか、あえて馬から降りて報告した。

「アクセルとオーリックにも事情は伝えた。勘付かれぬよう、ラウル殿の合図があるまでは自然に振る舞えと言ってある」

「うむ、苦労を掛けた。貴殿は今しばらく待機しておいてくれ」

ラウルは頭を動かさないよう気を払いながら、視線だけで見習いの様子を確認する。

――まずいな。

不運にも二人は兜《かぶと》を被《かぶ》っておらず、蒼白《あおじろ》い顔で、チラチラと何度もこちらに目を向けている。

それは主《あるじ》を心配しているというよりも、どうすればいいのか分からず、助けを求めるような仕草だった。初陣《ういじん》のため仕方のないことではあるが、誰がどう見ても挙動不審。あれでは、盗賊どもに察知されるのも時間の問題だ。

しかし、北東七、南西二、南東一か…………

背後は荒削りされたような急勾配の山肌で、そちら側へ逃げることはできない。

というより、この立地だからこそ正面三方を包囲しているのだろう。

…………戦力をどう振り分ける？

ただでさえ少ない護衛人数。普通に考えれば手薄な南東へ一点突破を図るべきだが、ピナの救出が絶対条件であることに加え、その要救助者本人が最も敵の多い北東側にいる。

レナルド様には馬車へ避難していただくとして、業腹《ごうはら》だが、護衛全員で一《いち》か八《ばち》かの勝負に出るしかないか…………

やむを得ないとはいえ、主の守護を捨てねばならない最悪の状況。

ラウルは胸が抉《えぐ》られるほどの呵責《かしゃく》に駆られ、罪を犯す直前のような気分だった。

「北東に私とクロス殿、南西にアクセル、南東にオーリックを配置しましょう」

「アクセルに二人相手は荷が重いよ。役に立たないかもしれないけど、僕も南西に行く」

俄《にわか》には信じがたい発言に耳を疑い、暴言すれすれの語気で言い返す。

「それだけは絶対になりません！　我らは御身を守るための騎士であります。この命ある限り、主に剣を握らせることなど承服できません！」

レナルドは腰に細剣《サーベル》を吊《つ》っているものの、それは貴族男子としての装飾品。

刃の付いていない真鍮《しんちゅう》製の模造剣《イミテーション》だ。

それに、剣の指導をしている自分が言えた義理ではないが、紅茶を飲みながら優雅にやるような稽古は、詰まるところ実戦を想定していない。

「でも、それじゃアクセルが――」

「奴《やつ》も見習いとはいえ騎士の端くれ。このような場合の覚悟はできております」

「僕なんかのために未来ある若者が死ぬ必要なんてない。それなら、全員で一斉にピナの所へ向かおう。一塊になって集団戦に持ち込めば………」

「論外です。我らはともかくとして、レナルド様は鎧《よろい》をお召しになっておられないのですぞ。弓士に囲まれた状態では、自殺行為としか言いようがありません」

主の口にする提案は自らを危険に晒《さら》すものばかりで、到底受け入れることはできなかった。

火に身を灼《や》く虫のように、叶《かな》いもしない理想を追って無謀な真似《まね》をさせるわけにはいかない。

「じゃあ――――」

二人の意見はなかなか折り合いがつかず、しばし、小声での押し問答が続く。

主君の安全を最優先に考えるラウルと、誰一人犠牲にしたくないレナルド。

互いに目的地の異なる議論は、平行線を辿《たど》り続けた。

「そんな作戦じゃ、結局僕しか助からないじゃないか！」

「御自身の立場をお忘れですか？　レナルド様の身に何かあれば、どのみち我らは閣下の手によって処刑されるのですぞ。であればどうか、栄誉の死を遂げる我儘《わがまま》をお許しいただきたく！」

堂々巡りの口論は、いつしか場にそぐわない喧嘩腰《けんかごし》になり、気が付けば、野良犬の嚙《か》み合《あ》いのような様相を呈していた。両者とめどなく屁理屈《へりくつ》を並べ立て、落としどころは一向に見つからない。

「だから――――っ！」

「割り込んですまんが、質問してもいいか？」

存在を忘れるほど大人しく傍観していた傭兵が、主従の緊迫した会話を不躾《ぶしつけ》に遮った。

本来ならば、その無作法に苦言の一つも言うべきところ、レナルドはクロスの雰囲気が先ほどまで違うことに気付き、思わず首肯《しゅこう》してしまう。

「何やら深刻な様子だが、ここらの野盗はそんなに強いのか？　有名な賞金首か何かか？」

「は……？　いえ、そんなことはないと思いま――」

「であれば。武芸者が四人も揃《そろ》って、敵前で。一体、何をもたもたしている？」

徐々に高まる威圧感。だんだんと声は低く、咎《とが》めるような口調となり、傭兵が次第に激昂《げきこう》していくのがはっきりと分かった。それは、張り詰められた糸が、今にもプツンと音を立てて切れてしまいそうな感じに似ていた。

「これが騎士とやらの戦法なのか？　相手はたかが野盗、素人《しろうと》の集まりだぞ」

彼は組んでいた腕を解き、こちらに大きく一歩近づく。

その気魄《きはく》に押され、無意識にレナルドは後ずさっていた。

「先ほどから黙って聞いていれば、まるで窮地にでも立たされたかのような会話だな。……俺を試しているつもりなのか？」

傭兵はもはや苛立《いらだ》ちを隠さず、二人を恫喝《どうかつ》するかのように語気を強めた。

これまで経験したことのない迫力に恐怖を覚え、レナルドは完全に閉口してしまう。

ラウルも理解が追いつかず、返答できないままでいると、彼は突然ふっと表情を消した。

「………もういい。面倒だ」

激情に輝いていた瞳が急に光を失って細められる。

その顔は何故《なぜ》か、深い失望感で満ち満ちているように見えた。

「ラウル殿、俺は責任者たる其許《そこもと》に従うよう仲間たちから言われているが、この状況だ。依頼を引き受けた以上、いつまでもお遊びには付き合えん。レナルド殿、俺が攻撃したら馬車に入って大人しくしていろ。では、行くぞ」

クロスは矢筒《やづつ》から矢を三本引き抜くと、即座に弓を番《つが》えて連射しながら大声で叫ぶ。

「アクセル、オーリック！　こちらに戻って矢から馬を護《まも》れ！　いいか、絶対に怪我《けが》一つ負わせるな！　ピナ殿はその場から動くな！」

茂みからギャッ！　という悲鳴がいくつか聞こえ、別の方向からは大勢が一斉に飛び出した。

クロスは弓を投げ捨てて剣を抜き、猛然と集団に突撃する。

「――――ッ！　レナルド様、こちらにっ！」

二人は事態の急変に啞然《あぜん》としていたが、我に返ると、傭兵の指示通り行動した。

レナルドが馬車に飛び乗り、ラウルが扉の前で槍《やり》を構えたところで、見習いたちも合流する。

「隊長!!　これはどのような状況でありますか!?　なぜクロス殿が一人で特攻を!?」

「わ、我らも加勢すべきでは!?」

見習いたちは堰《せき》を切ったように畳み掛けるが、ラウルとて混迷を極めている。

「いや……私にも分からん。彼が突然、独断で指示を出したのだ」

こうしている間にも、馬車の向こう側から、激しい剣戟《けんげき》と叫喚《きょうかん》の声がひっきりなしに上がっている。しかし、混戦の騒音からは敵味方の区別が付かない。

「お前たちは馬車を守っていろ！　私が援護に向かう！」

その場を二人に任せ、ラウルは加勢するため、大急ぎで馬車を迂回《うかい》した。

が、そこに広がる予期せぬ光景を目撃し、思わず足を止めてしまう。

「ラウル殿、説明してくれ。先ほどの振る舞いは何の真似だ？　俺を嘗《な》めているのか？」

そこにはすでに息絶えた盗賊たちの死体の山と、剣を握ったまま、こちらに明確な敵意を向ける血塗《ちまみ》れの傭兵の姿があった。

第八話　お侍さん、連想する

高まった期待は失望に変わり、深い失望は爆発的な殺意へと変わる。

「く、くそっ！　何だこの野郎！」

「弓の連中はどうなった！　殺《や》られたのか⁉」

獲物に飛びかかる餓《う》えた狼《おおかみ》のような衝動。

憎悪によって勢いを増した剣閃《けんせん》は、一瞬の淀《よど》みもなく敵の身体《からだ》を通り抜けてゆく。

「つ、強《つえ》えぞコイツ！　取り囲んで潰せッ！」

「ダメだ……っ！　速すぎ――――ぐァあッッ‼」

乱れ髪に土を、全身に血を浴びて、黒須《くろす》は八つ当たりでもするかのように斬りまわった。

一太刀《ひとたち》、また一太刀。

刃先が鎧《よろい》を、服を通過し皮膚に刺さる。

肉に食い込み、骨を削るのが感触として腕に伝わってきた。断末魔の声が上がり、鮮血が舞うよりも先にその臭いが鼻を刺激したが、若木を切り倒すが如く、淡々と敵を斬り続ける。

もう、憎むべき野盗と赤い血しか、何ものも見えなかった。

人影と見れば斬り、息遣いを感じれば眼《め》も向けず剣を振った。

高みに上らされ、弄《もてあそ》ばれ、挙句の果てに奈落の底へ突き落とされたような感覚。

フランツたちから散々注意され、出立の直前まで暴走するなと口を酸っぱくして言われていたが、それでも、心底腹が立っていた。

◆
◆
◆

短い同行の間に、黒須はラウルの所作から百戦錬磨の風格を、その発言から主《あるじ》を想《おも》う強い決意を感じ取り、少しずつ敬意を持ち始めていた。

〝武士の三忘《さんぼう》〟

主君の身を至上の玉体《ぎょくたい》として扱い、発せられる言葉を金科玉条《きんかぎょくじょう》として行動する、打算や損得を超越した滅私奉公《めっしほうこう》の精神。自分の置かれた立場を自覚し、あたかも忠実な飼い犬が主人から眼を離さないように、絶えず何かしらの注意を払い、好意を無にすまいと気遣い続けている。レナルドに対するラウルの態度は、まさに忠臣と呼ぶに相応《ふさわ》しく、称賛したいほど見事な家来ぶりだった。

騎士見習いと名乗った二人も、胸がすくような若武者だ。

力不足に頭を悩ませ経験不足を恥じ入る姿は、年長者からすれば随分と可愛《かわい》らしく、見ていて思わず助言をしたくなるような初々《ういうい》しさがある。青さ故《ゆえ》の苦悩や葛藤は、若人《わこうど》なら誰しも必ず通る道。何万人もの人間が乗り越えてきたありきたりな悩みでも、その気の重さは経験上よく分かるもので、懐かしささえ抱かせる。

ラウルの下《もと》で一心不乱に励んでいれば、いずれこの蕾《つぼみ》も、立派な武芸者として花咲くことだろう。

仲間たちから聞いていた前評判の通りだ。

どうやら騎士という身分は武士と共通する部分が多く、彼らと言葉を交わすたび、懐郷《かいきょう》の念のようなものが言いようもなく込み上げてくる。

黒須家に仕える御家人どもは総じて気性が荒く、獰猛《どうもう》な者ばかりだったため、他家の家来を間近で見られるのは大変新鮮な気分だ。

そんな彼らが忠誠を捧《ささ》げるのならば、このレナルドという優男にも、人知れぬ魅力があるに違いないと、そう思っていた。

しかし——

生命の危機に瀕《ひん》した土壇場でこそ、人の本性は露《あらわ》になるものだ。


「アクセルに二人相手は荷が重いよ。役に立たないかもしれないけど、僕も南西に行く」

「それだけは絶対になりません！　我らは御身を守るための騎士であります。この命ある限り、主に剣を握らせることなど承服できません！」


……まるで駄弁家の寄合だな。

侃々諤々《かんかんがくがく》意見を交わす二人の様子を、黒須は冷め切った眼で見つめていた。

いざ会敵してみれば、彼らは一向に戦おうとせず『命にかえても守る』『僕のために死ぬな』などと、やけに芝居がかったやり取りを始めたのだ。

〝腰抜け武士の後思案《あとじあん》〟

各々《おのおの》の申すことはもっともだが、延引するのも時と場合による。

今は火急の時だ。分からぬ将来を心配するより、まず目前のことに対処するのが常道のはず。

多勢による全面包囲を受けた場合、こちらは敵の一方的な増援を防ぐことができない。

また、間を置くと、連中の目的が略奪から殲滅《せんめつ》に切り替わる恐れもある。

この場にいる十人が敵方の総勢だと決めてかかっているのかは知らんが、決断を先送りにすればするほど、不利になるのは明白だった。

一体、いつまで下らない議論を続けるつもりなのか。

黒須の眼識で見れば、敵はラウル一人でも楽に対処可能な相手だ。彼らのやり取りは、さながら象が蟻《あり》に対して命懸けで戦うと大言壮語《たいげんそうご》を吐いているに等しく、酷《ひど》く滑稽《こっけい》に感じられた。

「…………………」

肩甲骨の中心あたりに刺すような顫動《せんどう》。野盗《ムシケラ》どもの矢が自分の背中に狙いを定めていることが、明確な殺意と共に感覚として伝わってくる。

胸糞《むなくそ》が悪い――――どころの騒ぎではない。

まるで気取られていないのだと。

あいつは俺たちの腕でも仕留められる程度の武芸者なのだと。

あの男の命は自分たちの掌《てのひら》の上にあり、いつだって簡単に殺せるのだと。

害虫如きにそう思われているという屈辱が、生き恥を晒《さら》してなお耐えねばならない状況が、内に秘めた感情に火を放ち、猛火で炙《あぶ》りたてるように激情を煽《あお》る。

いっそのこと、この馬鹿げたやり取りを無視して突撃してやろうか。

そんな衝動に駆られるほどに。

黒須の所有する堪忍袋は、多少、人よりも容量が小さい。中に入れられる鬱憤の量はすでに限界を迎えつつあり、糸より細く、もとより切れやすい緒を構成している繊維は、ぷちぷちと音を立てて断裂を始めていた。

それでも、仲間たちから騎士の指示には必ず従えときつく言い付けられていたため、不毛な会話を静かに見守り、大人しく指示を待つ。

だが――……考えれば考えるほど、何かがおかしい。

一旦意識すると、色々な疑念が連鎖的に思い浮かぶ。

ラウルの力量であれば、この程度の雑魚《ざこ》どもに臆するはずもない。

三方を囲まれているとはいえ、この場には自分や見習いたちもいるのだ。

戦闘を躊躇《ちゅうちょ》する道理はなく、理由も皆目見当がつかない。

もしフランツがこの場を仕切っていれば、即座に開戦の判断を下しているだろう。

時間稼ぎ……？　何かを待っているのか？

そう考えた黒須はあることを思い出し、無言のまま連想を始めた。

『責任者は私の友人だから、改めて彼のことを警告――いえ、説明しておくわ』

傭兵《ようへい》ギルドでの去り際、サリアはそう言っていた。

『私は今回の視察における護衛責任者の任を拝命している』

初顔合わせの時、ラウルは自らそう名乗った。

駄弁を弄する騎士を横目でちらりと一瞥《いちべつ》し、すぐに視線を戻す。

つまり、この男は自分について、何かしらの情報を聞かされている。

そうすると恐らく、レナルドも同様だろう。

また、一つ確実に言えるのは、黒須はサリアから敵意を抱かれているということ。

当然だ。そんな素振りは見せないが、幾度も自らを殺そうとした相手。

あの女に生霊くらい飛ばされていても不思議ではない。

では、奴《やつ》は俺のことを何と伝えた？

黒須にその自覚はないが、仲間からは凶暴、戦闘狂、好戦的などと言われることがある。

仮に、そういった評価を伝えていたのだとすれば。

――――此奴等《こいつら》まさか、俺がどう動くのかを見ているのか？

好戦的かどうかを判断するのなら、敵を前にして、どれだけ我慢できるかを観察するだろう。

飼い犬に芸を仕込むように、餌をチラつかせて〝待て〟をさせるのだ。

主観的な仮説は心の中でどんどん広がり、増殖し、ある種の信憑《しんぴょう》を勢いよく帯びていく。

黒須はラウルかレナルド、もしくは両者が、自分を試しているのだという結論に至った。

可能性は空想の域を出ず、推測は徒労に終わるかもしれない。

しかし、それでも――――

巫山戯《ふざけ》た真似《まね》をしてくれる………‼

途端に全身が凍ったように冷たくなり、頭の芯だけが発火した。

ここまでの道中、魔物相手に何度も戦い、こちらの実力は十分に示したはずだ。

依頼人として護衛の力量に疑問を覚えるのは理解できるが、自分の気質まで試される謂《いわ》れはない。

ましてや、ピナという非戦闘員がいる状況でそんな愚行に及ぶとは、騎士とは所詮そんなものだったのか。傭兵ギルドの時と同じで、誇りも矜持《きょうじ》も何もなく、ただ戦うだけの田夫野人《でんぷやじん》か。

黒須の連想はそこで止まり、繋《つな》ぎ止《と》められていた堪忍袋の緒はあっけなく断ち切れた。

牛は牛連れ、馬は馬連れ。類は友をもって集まるように、絶望は絶望を、飢えは飢えを、戦は戦をいつも引き寄せる。あの女が紹介する男も、やはり、同類に過ぎなかったということだ。

忠臣ぶった武芸者もどきが。

主に諫言《かんげん》奉ることもできん、驕奢趣味《きょうしゃしゅみ》の従属物。器の小ささが透けて見える。

こういう連中は、相手が格上だと知ると尻尾《しっぽ》を丸めて逃げ出すくせに、そうでない相手、常識の範囲内で行動せざるを得ない格下の場合には、理屈を捏《こ》ねて遣り込めようとする。

身分という名の下に他者を蔑視し、快感に浸る、そのためだけに。

どれだけ人の顔に泥を塗れば気が済むのかは知らんが、皆が均《ひと》しく同じ常識に縛られていると、虚仮《こけ》にされても身分さえ振り翳《かざ》せば従うと、本気でそう信じているのだとすれば、随分とおめでたいことだ。

世の中には、己《おの》が一分《いちぶん》を通すためには勝敗も生死も問う処《ところ》ではない、そんな血迷った人間がいる現実《こと》を、教えてやらねばならんだろう。

せっせと培われた信頼は地に落ち、彼らとの間にあった何かが、軋《きし》んだ音を立てて砕け散った。

身体の奥が茹《う》だるように熱い。

真面目腐った顔の騎士が、金髪を振り乱す貴族が、爆発を促しているようにさえ感じる。

「割り込んですまんが、質問してもいいか？」

溢《あふ》れ出《で》る憤懣《ふんまん》を極力抑え、黒須は精一杯穏やかな口調で会話を遮った。

第九話　騎士さん、傭兵《ようへい》を説得する

「ラウル殿、説明してくれ。先ほどの振る舞いは何の真似《まね》だ？　俺を嘗《な》めているのか？」

「────ッ！」

傭兵が口を開いた瞬間。頭のてっぺんから足のつま先まで、全身がざあっと粟立《あわだ》つ。

その心臓を射抜くような荒々しい殺意は、アンギラの門前で見せたものとは比較にならない濃度だった。海千山千、幾多の戦場を生き抜いてきたラウルの胆力をもってしても、冷たい汗が背筋を伝うほどの強烈さ。

まさに今、牙を剝《む》き出《だ》しにした猛獣から標的として認識されたのだと、確信めいた感覚が走る。

「何故《なぜ》黙っている。何もないのか？　言い分は」

傭兵はボタボタと血の垂れる剣を握ったまま、一歩一歩、こちらに詰め寄る。

鉄の壁すら貫通しそうな鋭い瞳に、蔑《さげす》みと威嚇の光だけを宿して。

「…………………」

まるで罪人を見下す処刑人の眼光。

一種の厳粛さすら帯びたその気魄《きはく》は、ラウルから弁解の言葉を奪い去っていた。

顔を背けたくても、視線が絡み付いていていてほどけない。金縛りにでもあったかのように。

殺気渦巻く異様な空間。

下手《へた》な言い訳をすれば殺すとでも言わんばかりの様相に、馬車から降りてきたレナルドや見習いたちも凍りつく。

この男────人を、殺している。

それも相当な数を。数え切れんほどの数を。

いくら傭兵でも、こ、こ、こ、これは異常だ…………!!

ラウルはこの男を主《あるじ》に接近させるのは危険と判断し、レナルドの前に立って槍《やり》を構えた。

「クロス殿、落ち着いてくれ。突然どうしたというのだ。我らは貴殿を侮《あなど》ってなどおらん。とりあえず、まずは剣を納められよ」

これ以上刺激してはまずいと、猛《たけ》る馬を宥《なだ》めるように努めて冷静に語りかける。

「そ、その通りです。お怒りの理由が分かりません。先ほどの振る舞いとは、一体────?」

恐怖に顔を蒼《あお》くさせながら、主も震える声で抗弁に加わった。

自分たちはサリアからの警告を踏まえ、敬意を持って彼に接していたはずだ。

実際、その実力を目にして信頼もしていた。

敵意を向けられるようなことは、何一つしていないという確信がある。

「敵前でいつまでも与太話《よたばなし》に興じておいて、本気でそう抜かしているのか？……惚《とぼ》けるつもりなら、もういい。俺はこの依頼を降りる。馬は置いていくから、後は好きにしろ」

傭兵はそう言って剣についた血を払うと、踵《きびす》を返して来た道を戻り始めてしまった。

肩を怒らせ、足取り荒く大股で歩いていく。こちらを振り向く素振りさえ見せずに。

「クロス殿、お待ちくださいっ！　何か、大きな誤解があるに違いありません！」

「わ、我らにはけっして、貴殿を侮辱する意図などありませんでした！　どうかご寛恕《かんじょ》をっ!!」

見習いたちは傭兵の前に両手を広げて立ち塞がり、必死に説得を試みる。

アンギラを出立してから、まだたったの半日。

ナバルまでの距離を考えれば、残りの道程を自分たちだけで乗り切れるとは到底思えない。

ここで彼に離脱されることは、そのまま任務失敗を意味していた。

「お前たちに言っているのではない。そこの二人だ。鉄火場で人を試すなど、無礼千万にもほどがある。護《まも》るつもりのない護衛責任者に、護られるつもりのない護衛対象。こんな茶番に付き合っていられるか」

どけ、と一言。クロスは見習いたちを押《お》し退《の》けて、強引に先へ進もうとする。

その様子を見たラウルも制止に加わるため駆け寄ろうとしたが、背後から聞こえた神妙な声に、期せずして足を止めてしまった。

「クロス殿、お願いします。どうか、話を聞いてください」

「ご主人様、お止《や》めくださいっ！　そのような…………!!」

振り返ると、そこには地面に額をつけて平伏する主の姿があった。

貴族としてあり得ない行動に、ピナが肩を摑《つか》んで止めさせようとしているが、頭を下げたまま動こうとしない。

その場にいる全員の視線がレナルドに集まる。

「僕はアンギラ家の者として、何があってもナバルに行かねばならない責務があります。その望みは、きっと我々だけでは叶《かな》わないでしょう。この先も、貴方《あなた》の力が必要です。何卒《なにとぞ》――――!!」

「…………」

泣きつくような、縋《すが》りつくような。自尊心をかなぐり捨てた、懸命な哀訴。

その姿が琴線《きんせん》に触れたのか、傭兵は数秒の間を置いて、一つ大きなため息を吐《つ》いた。

「俺はこの国の貴族について詳しくないが……。貴族であろうがなかろうが、男子が軽々しく頭など下げるものではない。誠意は十分に受け取った。だが、依頼を続けるかどうかは説明を訊《き》いてからだ」

殺気を霧散させたクロスを椅子に座らせ、ラウルは試すような魂胆や侮辱の意思は一切なかったことを説明した。

自分たちを正当化するような建前の話ではなく、ありのままを、正直に。

「傭兵ギルドの莫連女《しろいの》から、俺の悪評を訊いていたのではないのか?」

誠心誠意、本音を伝えたつもりだったが、彼は依然として訝《いぶか》しげな顔のままだ。

まるで熟練の大商人。相手の身分に物怖《ものお》じせず、普通なら言《い》い淀《よど》むようなことも平然と言ってのけ、こちらの話に本当に納得した時しか頷《うなず》かない。

「いや、サリア殿からは――――」

今さら隠し事をして不興を買うほど愚かではない。

旧友から聞いた警告の内容も、包み隠さず全て話す。

「若干省略されてはいるが………。概《おおむ》ね、事実に反する内容ではないな」

クロスはアンギラには戻らず、このまま北の戦地に彼女の首を獲《と》りに行くつもりでいたそうだが、一旦、その考えを改めると言った。どういうわけか、とても残念そうな表情で。

「だが、まだ分からん。ラウル殿、其許《そこもと》ならあの程度の敵を相手に尻込みすることなどあるまい。何故ああも狼狽《うろた》えていた？」

「それは………」

返答に窮するラウルをちらりと見て、レナルドが会話を引き取る。

「クロス殿。それは当家の秘密に関係することですので、僕の口からご説明いたします」

レナルドが語ったのは、一般には知られていない、貴族の恥部とも言える内情だった。

◆
◆
◆

ファラス王国には古くから『魔術の才能とは、神からの祝福である』という考え方がある。それが近年になるにつれて『魔術の強さは、その者がどれだけ神に愛されているかを示す』と、曲解され始めた。

そして現在、王侯貴族の間では『貴族の格は、神に選ばれし魔術師としての才能で決まる』という、選民思想に近い考えが蔓延《まんえん》している。その風潮は特に、他国から国境を守る領主貴族ほど顕著《けんちょ》になり、魔術の才を持たぬ者は出来損ないと揶揄《やゆ》され、貴族失格とまで言われるほどだ。

そんな社会情勢の中、アンギラ辺境伯家という大貴族に生まれついたレナルドには、他の兄弟と違って魔術の才能がなかった。

教会で適性を調べた五歳以降、メイドとしての教育すら受けていない獣人奴隷の子供、ピナを世話役として与えられ、父母兄弟《ふぼきょうだい》からはまるで三男など最初から存在しなかったかのように扱われた。

暴力こそ振るわれることはなかったが、家族から向けられる言葉にはいつも、辱《はずかし》めや蔑みが含まれていた。

冷たい口調が、侮辱の笑い声が、針の雨のように降り注ぐ日々。

日中は笑わなければいけないという風にぎこちなく笑い、夜になればピナと二人、ベッドの中で泣いていた。声が外に漏れないよう、一生懸命、小さな手でお互いの口を塞ぎあって。

振り返ってみると、それは人生ですらなかったのかもしれない。

本当に、それくらい惨めだった。生きているのが嫌になるくらい。

毎日毎日、同じことの繰り返し。常にビクビクと、オドオドと、誰かの顔色を窺《うかが》っていた。

慎重に、臆病に、ただただ波風を立てないように。

明日がくるのが怖くて、朝日を昇らせないでくださいと、自分を見捨てた神に祈り続けた。

年齢が二桁に達するより前、幼児期の頃の記憶として残っているのは、たったそれだけ。

恐らく、その時点でもうレナルドは死に始めていたのだと思う。

心臓こそ動いてはいるが、心は閉ざしてしまっていた。呼吸はするし、食事も摂《と》るが、笑うことをやめた。

無為に年を重ね、兄弟が王都の貴族学院へ通うために家を出ても、状況は大きく変わらなかった。一人だけ家庭教師をつけられ、屋敷の外に出ることさえ許されず、無関心と紙一重の放任。社交界に参加することもなかったため、三男誕生の事実は時と共に風化し、周辺貴族やアンギラの住人にも、次第に、その存在は忘れ去られていった。

レナルドが十五歳の成人を迎えた頃、新たに護衛が与えられた。

元騎士団長、ラウル・バレステロス。

いや、正確には〝あてがわれた〟とか、〝流れてきた〟という表現の方が適切かもしれない。

ラウルはアンギラを拠点としながら、強力無比な身体強化《ブースト》の奇跡で戦う騎士として王国各地で活躍し、国内外問わず名を馳《は》せていた。

あれよあれよと、トントン拍子で出世街道を突き進み、若くして団長という重要な地位を得たのも、自然な成り行きだったと言える。

誰しもが羨む輝かしい人生。そんな順風満帆な日々は、ある日突然、前触れもなく終わりを迎えた。

魔術が使えなくなったのだ。

それは魔術師の間では有名な魔失病《ましつびょう》という不治の病で、真偽のほどは定かでないが、〝瀆神《とくしん》により、神の寵愛《ちょうあい》を失ったことが原因〟とされるもの。

それでもなお、ラウルは騎士団長としての職責を果たすために足掻《あが》き続けた。

きっと一過性の風邪のようなものだと、何度か寝て起きれば元通りになるに違いないと、自分に言い聞かせながら。

しかし、一難去らずにまた一難。本当に神から見放されたのか、魔術を失って数ヶ月後、今度はまともに体を動かせなくなってしまった。

恐怖を感じているわけでもないのに、敵の前に立つと全身が硬直して判断が鈍《にぶ》る。

その症状は発作に近いもので、自分の意思とは関係なく、予兆もなければ、猶予もない。

これまで体の一部のように操れていた槍が、急に他人行儀に感じ、手足を動かす地図が知らぬ間に書き換えられてしまったような感覚。

心臓は身勝手な鼓動を繰り返し、うまく呼吸ができなくなり、頭の中に水が満ちたかのように、薄ぼんやりとして思考速度が緩慢になる。

立ち向かうことができず、かといって、逃げ出すこともできない。

戦闘を生業《なりわい》にする者にとって、死刑宣告に等しい致命的な容態だった。

一騎当千とすら呼ばれた男が、数匹の小鬼《ゴブリン》相手に二の足を踏むようになったのだ。

力を失ったかつての豪傑を、他家の貴族や騎士は嘲笑の的にした。

信仰を捨て神に仇《あだ》なす瀆神者《とくしんしゃ》だと。悪魔に魂を売って堕落した暗黒騎士だと。

穢《けが》れたものでも見るような目で眺め、誰も近寄ろうとはしなくなった。

ラウルはその蔑視に耐えられず、団長の任を辞して騎士爵位を返上しようとしたが、領主は外聞が悪いとその上申を一蹴し、レナルドに下げ渡したのだ。

その日以降、護衛がいるのだから政務を手伝えと言われ、様々な汚れ仕事をさせられてきた。

たった三人で東奔西走し、何度も危険な目に遭った。

ラウルは幾度となく領主に護衛の増員を請願したが、渋々と与えられたのは、騎士見習いになりたての、若者二人だけだった。

◆◆◆

「ですので、守られるつもりがないというよりも…………。僕は、誰かに命を懸けさせてまで守られる価値のない人間だと、そう、自認しております」

誰かに生い立ちを語るのは初めてで、途中からなにか、独白のようになってしまった。

でも、いくら言葉で打ち明けても、そこにあった心情は半分も伝わらないと思う。

どこか諦めたような様子で自らを卑下《ひげ》するレナルドのそばには、ピナがはらはらと涙を流しながら寄り添っている。

彼は長年蔑まれ続け、すでに自分の心が荒《すさ》んだことを苦にしないほどに荒んでしまっていた。

もう二度と修繕できないくらい、自尊心はぐしゃぐしゃに踏み荒らされていた。

「私は魔術に頼り切っていたのであろうな。力を失い、立場を失い、自信さえも失ってしまったようだ。満足に体が動かず、何かが起こるたびに長考する癖がついてしまった。貴殿に手を抜いたと思われても致し方ない」

ラウルの顔に自嘲の笑みが浮かぶ。瞳には、底知れぬ絶望と後悔の光が同時に走っていた。

人前でいくら騎士として振る舞おうと、自分はもう生き恥を晒《さら》すだけの出涸《でが》らしだ。

不意に過去の栄光に縋ろうとする己に気付き、死にたくなるほどの自己嫌悪に陥ることもある。

指先で押さえつけられた蟻《あり》のように情けなく、滑稽《こっけい》な足掻き。

さながら道化師にも劣るだろう。


「「……………………」」


後ろに立って話を聞いていた見習いたちは、言葉を失っていた。

彼らは今しがた耳にした境遇を何一つ知らされず、父親に言われるがままレナルドに仕え、ラウルに指導を受けていたのだ。

その状況に疑問を持ったこともなく、自らを鍛えるのに精一杯で、主や指導者の過去を知ろうと考えたことさえない。

ごうごうと、耳の内側から爆音が聞こえる。それは自分の血が恥ずかしさで沸騰する音だった。

……役立たずにも、ほどがある。

日々あれだけ近くにいて、ずっと行動を共にしながら、どうして気が付けなかったのか。

お二人がこんなにも苦しんでいたのに。苦しみ続けていたのに。

お仕えして間がないから？　そんなのは言い訳に過ぎない。

きっと、どこかに兆候はあったはずだ。察知できたはずの兆候が。

たとえそれがほんの些細《ささい》で、分かりにくいものであったとしても。

一番気にかけるべき人たちの気持ちを気にかけず、知らんぷりをしていたのだ。

まるで他人事《ひとごと》のように。助けを求める呼びかけを、白々しい顔で黙殺していた。

なんてみっともない従者だろう。いや、こんなのは従者と名乗ることさえ――

自らの浅慮《せんりょ》に言いようのない自責の念と強い恥を覚え、二人は足元に落とした視線を上げることができなかった。

第十話　騎士さん、お侍に説教される

ピナのすすり泣く声だけが響く中、それまで神妙な面持ちで話を聞いていた傭兵《ようへい》が口を開いた。

「レナルド殿。俺がこの依頼を引き受けたのは、貴公に興味があったからだ」

組んでいた腕をテーブルの上に置き、身を乗り出してゆっくりと語りかける。

「俺も日本という国で領主の三男として生を受けた。同じ境遇の者として、この国の貴族を見極めたかったのだ」

傭兵はまず自らの来歴を明かした。

自己紹介でも始めるような、自然で、さりげなく、何でもない言い方だったが――

「「…………ッッ!?」」

あまりにも意表を突いたその内容に、レナルドたちは飛び上がりそうになる。

特徴的な外見からして、他国の者だろうとは大方予想がついていたものの、まさか、貴族階級の人間だとは夢にも思わなかったのだ。

さらに彼は、途方もない話を続けた。

クロスという名は家名であり、自らが武士という身分であること。

それが貴族とは大きく異なる立場であること。

武者修行の旅の途中にこの国に迷い込んだこと。

まるで遠い国の寓話《ぐうわ》でも聞かされている気分だったが、すらすらと述べ立てる彼の語り口は実に滑らかで、嘘《うそ》を言っているようには思えなかった。

「俺の国でも〝戦えぬ者は武士として無価値〟と言われている。だが、その戦いとはなにも、戦闘だけを指す言葉ではない。政治、普請、文筆、勘定……それぞれの分野における闘争を意味する言葉だ。つまり武士としての価値とは、どのような手段であっても、領地領民を護《まも》る能力があるか否《いな》かで決まる。平たく言えば適材適所、人にはおのおの違った活躍の場があるということだ」

クロスはレナルドを見据える瞳に力を籠《こ》める。

その眼光は剣を握っていた時に比べて、一段と柔らかくなっているように見えた。

「俺は貴公の話を訊《き》いて、この国における貴族の価値というのも、結局は同じなのではないかと感じた。国境を護る貴族ほど魔術の有無を気にすると言ったな。察するにそれは、領地領民を護るための戦場で、活躍できるかどうかに由来しているのだろう。無礼を承知で言わせてもらえば、この国の貴族は目的と手段を取り違えているのではないか？　自国を護る目的のために、魔術という手段が必要なのだろう？　目的を達するための手段は、魔術に限らんと俺は思うがな。そうでないと、日本《ひのもと》の國士《こくし》は皆揃《そろ》って無能ということになってしまう」

歴史によって変遷した魔術に関する認識の相違。その不合理を指摘する学者は少なくない。

彼はそういった学術的な見解を唱えるのではなく、ただ単純に、呆《あき》れているだけのようだった。

なぜなら最後、聞こえるか聞こえないかという声で、こうつけ足したのだ。阿呆らしい、と。

それは王国の言い伝えや風習を馬鹿にするというよりも、思わず頭に浮かんだ単語を口にした、という様子だった。

「十全十美、完全無欠の人間がいれば面白いだろうな。きっと現人神《あらひとがみ》として祀《まつ》り上げられるだろう。だが実際は、強さもあり、弱さもあるのが人間だ。たかだか短所の一つ程度で人の価値を断ずるとは、随分と狭量。護国の兵たる者に必要なのは、自覚であって、資格ではない。何としても国を護るのだという、固い決意を持っているかどうか。そこを問われるべきなのだ。意志なき魔術師が何人いようと、国を護れるはずがなかろうに」

と、彼は少々皮肉げに語尾を括《くく》った。

「…………………」

本来なら王国貴族の一員として、一も二もなく反論しないといけない場面。

しかし、その正面切っての貴族批判に、レナルドは心を揺さぶられていた。

胸の奥底で、何か、蠢《うごめ》くものがあったのだ。

ずっと抑圧されていた正体不明の何かが、触発されたかのように胎動している。

幼い頃から疎まれ、家畜同然に扱われてきた。役立たずと言われ続けてきた。

彼の狭い人間関係の中で、それを否定してくれたのはピナとラウルだけだったが、レナルドは二人に励まされるたび、そこはかとない同情を感じて、惨めな気持ちになる一方だった。

でも今、クロスは、貴族の価値が魔術の有無ではないと言っている。

身分による権威をまるで歯牙にかけず、遠慮もしないこの男が。

たった数分前まで敵対し、自分に対する哀憐《あいれん》の情なんて、欠片《かけら》も持たなかったこの男が。

たしかにそう言い切ったのだ。

「ですが……。魔術の才能抜きに、今の貴族社会は生きられません。それもまた現実なのです」

小さな、遠い、ぼんやりとした燈火《とうか》のような光を見た気がした。

しかし、頭に風が吹き込むような感触があり、ほんの一瞬で慣れ親しんだ暗闇が戻る。

「たとえ固い決意を持っていたとしても、社会が――家族が、その生き方を許さないでしょう」

微《かす》かに灯《とも》った希望を吹き消したものの正体、それは、脳裏に浮かぶ父母兄弟の顔だった。

解けることのない自己暗示をそう呼ぶのであれば、紛れもなく、呪いに分類されるものだ。

「何故《なぜ》そこで家族が出てくる？　生き方の話だぞ。自分にしか決められんことだろう」

「決められませんよ……。自分では、何も」

「いいや違う。それはどこまでいっても貴公の選択だ。貴族の価値観に従って生きるのも、世間の風潮に踊らされているのも、貴公が自らそうすると決めた結果であって、他人は何も関係がない。家族に責任を転嫁するな」

こちらの意見をぴしゃりと打ち消す断定口調。

ただ、それは聞き慣れた冷たい叱責と違い、熱を帯びて諭すような口ぶりに感じた。

「先ほど言った〝自覚〟とはそういう意味だ。生きる理由を他者に求めるな。誰が決めたかも分からんような基準ではなく、自分の知識と経験でもって、正しいと思うことだけ選べばいい。俺のこの言葉も、訊くか訊かないかは貴公が決めろ。自分の人生だ。誰にも強制される必要はない」

つまり、彼はこう言いたいのだろう。

今の今まで信じていた貴族の価値観が、借り物の思想なのだと。受け売りに過ぎないのだと。

これしかないと思い込んでいた人生の選択肢が、実は、他にもたくさんあったのだと。

そしてそれは誰のせいでもなく、もしかすると、選択すべき僕自身が――――

「もう少し、自分を信用してやれ。そうすれば、おのずと生きる道は見えてくる」

暗かった心の中に、再び、一筋の光が点じられた。

喉の奥から熱い衝動がせり上がってきて、全身が小刻みに震え始める。

「できることが……あるのでしょうか。僕には得意なことなんて一つもありません。そんな僕でも、アンギラを守るために、何か――――」

「そうなのか？」

わざと作ったような、大袈裟《おおげさ》で、芝居がかった不思議顔だった。

「では、領主殿には貴公のように、たった三人で危険な街道を進むことができるのか？　長兄殿はメイドや見習いのために、命を懸けることができるのか？　次兄殿は責務を果たすために、土下座することができるのか？」

こちらの返答を待たず、矢継ぎ早に問いが投げられる。

「今日逢《あ》ったばかりの俺でも、貴公にしかできないことはあると思うがな。存外、自分の才能とは他人の眼《め》からの方が鮮明に見えるものだ。共に育ったピナ殿であれば、レナルド殿の長所をよく知っているのではないか？」

「ご主人様の優れたところなら、一晩でも語り尽くせないくらいに存じ上げております」

ピナはコクコクと、何度も首を縦に振って即答した。

「貴族の価値とは魔術の有無による絶対的なものではなく、それぞれの長所を活《い》かした相対的なものだと俺は考える。要は、貴公なりの手段で、目的を達するために生きればいいのだ」

レナルドは、もう涙を堪《こら》えきれなかった。

武士という、聞き慣れない身分の男から贈られた言葉。でも、それで充分だった。

存在意義を一度も肯定されたことのない人間にとって、充分すぎるくらいだった。

自分で決めていいと言ってくれた。自分にしかできないことがあると認めてくれた。

出来損ないの自分にはこんなことしかできない、そう思っていた部分を才能と呼んでくれた。

言葉の一つ一つが、新しい意味と重さを持って胸に食い込んでくる。

どっと押し寄せた歓喜の波を受け止めることができず、レナルドは嗚咽《おえつ》を上げて泣き崩れた。


クロスはしばらくレナルドを見つめたあと、ラウルと見習いたちに向き直る。

「ラウル殿。それにアクセル、オーリック」

その呼び掛けに、三人は背筋を伸ばして姿勢を正す。

貴族であるかどうかは別にして、彼が主に語った言葉は大いに含蓄《がんちく》のある内容だった。

少なくとも、並の貴族子弟から出る発言はではない。

騎士たちは、この男が只者《ただもの》ではないと感じ始めていた。

「俺もお前たちと同じだ。物心ついた頃から武士として、己に恥じぬ男になれと言われて生きてきた。その経験から言わせてもらえば、武士と騎士との違いとは、生き様の差にあるように思う」

彼は腰の剣に手をやって、どこか懐かしむように話し始めた。

ここまでずっと使っていた幅広剣ではなく、黒鞘《ざや》の、珍しい形状の剣の方だ。

「我ら武士は、己が護るべき誇りのために如何《いか》にして死ぬかを追求する生き物だ。諸行無常の生涯の果てに死ぬために。その日必ず死ぬために。今日という日を惜しまず生きる。〝朝が来るたび死を覚悟せよ〟と、毎朝言われて育ったものだ」

己の誇りのために死ぬ………？

口には出さなかったものの、ラウルはその言葉の意味が呑《の》み込《こ》めなかった。

言うまでもなく、騎士にとっても誇りは大切なものだ。

見習いの頃から誰よりも気高く、他の者の模範たれと教わる。

それは仕えるべき主君に見合う騎士になるためであって、断じて自分のためではない。

主のために死ぬ覚悟は持っている。だが、主のためなら己の誇りなど二の次に過ぎないのだ。

「我ら武士は自らの信念を〝道〟として考えるのだ。その道は人によって様々な進路があるが、行き着く先は皆同じ、必ず死に繋《つな》がっている」

〝武士《もののふ》の　学ぶ教えはおしなべて　その究《きわ》みには死の一つなり〟

彼は誰にともなく謳《うた》うようにそう言った。

「終着点に死があると知りつつも、己が信じ、己が選んだその道を、ただ一途《ひたすら》にまっすぐ走り、寄り道や曲がり道には絶対に進まない。道を遮る障害があれば命懸けで乗り越え、立ち塞がる者は撃滅する。その道を――我らは〝武士道〟と呼ぶ。死に向かって迷わずひた走ること、それこそが誇りある生き様だと考えているのだ」

死を恐れないどころか、死に向かって進むことが誇り………

たしかに彼の語る武士道とは、自分たちとは見解を異《こと》にするようだ。

騎士にとって〝死〟は最大限忌避すべきもの。それは信仰に起因する部分が大きく、たとえ無様であったとしても、生き延びることに重きを置く。戦場においては常に勇敢であれと求められるが、決して戦死に甘んじるのではなく、死の恐怖に対して勇気を持って立ち向かうことを美徳とする。

ただし、主君への忠誠心は己の信仰心に優先する。だからこそ、自害を含むありとあらゆる死が禁じられている中で、主の命令による殉職だけを栄誉の死としているのだ。

死への恐怖を克服しようとする騎士と、死を受け入れることを誇りとする武士――

似ているようで、その差は大きいように感じる。

「いつか必ず来る死ぬべき瞬間のために、その日その日を精一杯に生きる。今日死ぬことになっても迷うことがないように、全力で生きるのだ。武士たる者、布団の上で死ぬつもりなど毛頭ない。積み上げてきた心・技・体で以《もっ》て、戦いの中で壮絶に死にたいのだ。己の武士道に適《かな》う死地で、陶酔しながら死にたいのだ。剣を持たぬ者からすれば理解し難《がた》い思想だとは思う。正気の沙汰ではないと言われることもある。………だがな、ラウル殿」

彼はそこで一度言葉を区切り、こちらの目をまっすぐに見た。

人の心を見透かすような鋭さを秘めた瞳で。じっと、睨《にら》むように。

「我らは周りの声や評価など、心の底からどうでもいいのだ。武士道とは、己自身に課し、託し、願うもの。常に見据えるは己のみ。他人に何を言われようとも、自らの武士道に恥じぬ生き様ができているかどうか。武士の有《あ》り様《よう》とは、究極的にはその一点に尽きる」

ラウルは時が止まったように絶句した。

知的な光が宿る真剣な眼差《まなざ》し。彼が本気でそう言っていることが、はっきりと伝わったのだ。

考え方が違うどころではない。これはもっと根源的な――行動原理や道徳観念の話だ。

どう生きるかではなく、どう死ぬか。

どう死んだかではなく、どう生きたか。

主に力説していた内容と繋がった。

死ぬことを前提としているからこそ、生きているうちに後悔のない選択をする。

誰に強制されることもなく、自分一人の責任で。

つまり、彼は自ら望んでそのような生き方を選んだということになる。

こんな思想を、一体、何と呼べばいいのだろう。

利己主義や刹那主義？

自殺願望や破滅願望？

どれとも違う。あまりにも独創的で、知っているどんな哲学とも辻褄《つじつま》が合わない。

サリアは彼のことを頑固で話が通じない人物と評していたが、それもそのはず。

彼の中では、自分の武士道以上に優先すべきものなど、本当に何もないのだ。

世間の目に平然と立ち向かえるだけの盤石《ばんじゃく》の自信。いや、ここまでくると狂気的ですらある。それだけ確固とした信念を持っているからこそ、周囲の意見を重視しないのだ。

「ラウル殿。其許《そこもと》の誇りとは何だ？」

「……レナルド様に、お仕えすることである。騎士として、主のために生きることを誇りに思っている」

恵まれない境遇を、自身と重ね合わせていた。神に見捨てられた者同士だと。

そこに忠誠心を超える感情がなかったと言えば嘘になる。

一線を退き、随分と時が経《た》って枯れた手腕。それでも依然、誇りまで失ったわけではない。

「そうか。では、その信念は誰かに言われて変えられるものか？　領主殿に、もうレナルド殿には仕えなくてもいいと言われたら、其許はどうする」

「それは………」

返答に詰まる。レナルド様を終《つい》の主と定めているが、自分は辺境伯家に仕える騎士だ。

閣下に命じられれば、逆らうことは――――……

「答えられないか。では、問いを変えよう。領主殿がレナルド殿を殺そうとしたら、其許はそれを許容できるのか？」

「そんなことは絶対に許さん！　この命ある限り、レナルド様を害する一切を私は許容しないッ!!」

衝動的に出た雄叫《おたけ》び。頭で何か考えたのではなく、自分の中に染み込んでいるルールが、肉体に指示を出したかのようだった。

感情を抑制できなかったことに、体がかあっと燃えるような恥ずかしさを感じたが、ラウルはクロスが温かい眼差しでこちらを見ていることに気付く。

「見事な口上、よくぞ吼《ほ》えた。家来とは主君を盲信する者に非《あら》ず。忠義は強制ではなく、自発的なものでなければ意味がない。己の誇りに値するものに対してのみ頭《こうべ》を垂れよ。要は、決めた方を貫けばいいだけだ」

「決めた方を…………」

「レナルド殿に仕えることを誇りとするならば、領主殿の意見に耳を貸す必要など一切ない。辺境伯家とレナルド殿を天秤《てんびん》に掛けていたのだろう？　武士道……いや、騎士にとっては騎士道と言うべきか。其許はまだ己の道をどちらに向けるべきか、決めかねていたのだ。だが今の口上を訊く限り、本当はどちらへ進みたいのか、答えはもう出ているのではないか？」

――――そうか。私は、迷っていたのか。

レナルド様を主と呼びながら、どこかで閣下の顔色を気にしてしまっていたのか。

終の主と言いながら、いまだ辺境伯家に仕えている気になっていたのか。

「騎士道を見定めさえすれば、あとはただ情熱を傾けて生きるのみ。何も恐れる必要はない。周囲に心乱されず、ただ一途《ひたすら》に我が道を往《ゆ》け」

自分の半分にも満たない年齢の男の言葉に、ラウルは溜《た》め込んでいた溜飲《りゅういん》が一度に下りたような清々《すがすが》しい気分になる。頭の中の霧が晴れたような、胸のつかえが取れたような気持ちだ。

「そうか――――……。それで、よかったのか。そんなに、簡単なことだったのか」

元騎士団長として、騎士のあるべき姿、理想像に拘《こだわ》っていた。
一時は確実に体現できていたそれらを失い、悔しくて悔しくて仕方がなかった。
名誉、称賛、喝采。この手から零《こぼ》れ落ちていったものばかりを追い求めていた。
でも、本当は違ったのだ。本当に欲しかったものは――
これまで信じていたものが、単なる金メッキに過ぎないと悟った。
常識が崩れ、長年ぼんやりと曖昧だった世界の輪郭が、急に濃くなった気さえする。
自分は何をいつまでも、過去の栄光に固執していたのか。
そんな後悔はもう、どうでもいい。
これからの人生をレナルド様のためだけに、ただただ必死に生きればいいのだ――
騎士として生きて五十余年、ラウルの騎士道が定まった瞬間だった。

第十一話　騎士さん、希望を見出《みいだ》す

「先生は十年も旅をされていたのですね！　いいなぁ……！　僕はアンギラ領の外に出たことがないので、羨ましいですっ！」

レナルドは馬車の窓から身を乗り出すようにして、随行する護衛たちと話をしていた。

巣箱からピョコピョコと顔を出す雛鳥《ひなどり》のような状態。

誰に見られることもない広大な荒野の途中ではあるが、少々、お行儀の悪い格好である。

「〝先生〟はよしてくれと言うに……」

ボソリと、ため息混じりの苦情が聞こえる。

盗賊に襲われた休憩場を出発して以降、まず見習いたちがクロスのことを先生と呼び始めた。

彼は心底嫌そうな顔で止《や》めるように言っていたのだが、それを聞き付けたレナルドまでが真似《まね》をし始めてしまい、ついに処置なしと諦めたらしい。

しかし、レナルド様のこんなお顔は初めて拝見するな……

その子供のようにはしゃぐ楽しげな様子に、ラウルは思わず相好を崩す。

レナルドは泣き止んでから、憑き物《つきもの》が落ちたように明るく振る舞うようになり、アンギラを発《た》った時とはまるで別人だった。

見ていて痛ましくなるいつもの作り笑いではなく、本物の笑顔。

御者をしているピナも、主《あるじ》の不作法を注意することもなく、ニコニコと嬉《うれ》しそうな表情だ。

「では、武者修行の旅で最も苦戦したのは、どのような戦いだったのですか？」

「じ、自分もそれには興味があります！」

主だけならまだしも、見習い二人も小鳥のようにさえずっている。

頃合いを見て説教せねばなるまいなと思いつつ、ラウルもその話題には耳を引かれていた。

「苦戦、か。戦場では何度も死ぬような目に遭ったが……。道場破りで相手を怒らせて、剣を持った門下生に囲まれた時か。それとも、鎖鎌の達人に挑んで腰を抉《えぐ》られた時か。いや、忍《しのび》どもに寝所を強襲された時か――」

「〝シノビ〟とは何でありますか？」

「暗殺者、と言えば分かるか？　奴《やつ》らは気配を消す術《すべ》に秀でていてな。不覚にも、気が付いた時には十数人の凄腕《すごうで》に囲まれていた。剣に手を伸ばした途端脇腹に穴を空けられて、必死に意識を保ちながら戦ったものだ。腹から血が流れるにつれて手脚の感覚が薄れてきてな。最後まで剣が握れていたのは幸運だった。いやはや、あれはなかなかの修羅場だったな」

「「…………………」」

ほらここだ、と左脇のあたりを指さしつつ、楽しかった思い出のように語る彼に、アクセルとオーリックはドン引きである。

「戦い終わったあとも腹から血が抜けてくれなくてな……。思い出したくもないが、数日は馬糞《ばふん》を水に溶いて飲み、吐いてはまた飲むを繰り返して過ごした。あれだけはもう二度と御免蒙《こうむ》りたい」

「それは先生が武士だから狙われたのですか？　他の武家からの刺客などでしょうか」

ファラス王国でも稀《まれ》に貴族の暗殺事件は発生する。

利害関係での衝突や、継承権を巡るお家騒動などだ。

「いや、違うだろうな。結局、誰の差し金かは分からなかったが――――俺には、心当たりが多すぎる。誰かの恨みを買ったか、それとも誰かの仇討《あだう》ちか。いずれにせよ、何年も人を斬り続けたのだ。誰に命を狙われても文句は言えまい」

殺し殺され、命を狙われることが日常と化した人生。彼の壮絶な生き様を想像し、『これまでに何人斬ったんですか』とは、誰も聞くことができなかった。

◆　◆　◆

「ラウル殿」

野営の準備が完了し、皆が夕食を終えた頃。クロスが声を掛けてきた。

ぱちぱちと柔和な音を立てて燃える焚火《たきび》の炎で、顔の半分だけが光って見える。

「其許《そこもと》の話で気になる点があったのだ。身体《からだ》が思うように動かず、判断力が鈍くなったと言っていたな？」

「うむ。魔術が使えていた頃は、身体強化を抜きにしてもそれなりに戦えておったのだが……。自分でも何が原因なのか分からんが、まるで戦い方を忘れてしまったような感覚である」

王国各地の治療院を訪ね歩き、高名な神官や小達人級《アデプタス・マイナー》の魔術師にも診てもらったが、結局、誰にも治すことは叶《かな》わなかった。治癒の奇跡をかけてくれた魔術師に〝肉体的な損傷ではないため打つ手がない〟と診断され、酒に溺れて悔し涙で枕を濡《ぬ》らす夜を過ごしたものだ。自身を襲った不運をどうしても受け入れられず、当時は、団員たちが近寄り難いくらいに荒れていた。

「やはりそうか。俺は、その症状に訊《き》き覚えがある」

「なにっ⁉」

彼がまだ生家で暮らしていた頃、長兄殿が似たような症状に苦しんでいた時期があったらしい。その時もやはり医者に診せても原因は分からなかったが、ある出来事を境に突然完治したそうだ。

「兄上は、戦から帰ってきたら元通りになっていた。死に物狂いで戦っているうちに、気が付いたら元の調子に戻っていたらしい。死に際を感じて身体が動きを思い出したようだと申しておられた」

「なるほどな……。たしかに体がこうなって以降、危険な戦いからはなるべく遠ざかっていた。レナルド様にお仕えしてからも、危うい場面はいくつかあったが、死を覚悟するほどの戦いはしておらんな。だが、戦か――……」

北部で開戦の兆《きざ》しがある現状は絶好の機会とも言えるが、守るべき主を置いて一人戦地に出向くことなど、騎士として許されることではない。

「そこで提案だが、俺と戦ってみないか？　其許にも騎士道が定まったのだ。いつまでもそのままというわけにはいくまい」

クロスの顔はとても輝いて見えた。言うまでもなく、焚火の炎とは無関係の意味合いで。

ラウルは、やはり彼には戦闘狂の気質があるのではと疑いつつ、その提案について頭を捻《ひね》る。

彼の腕前なら、自分を死の淵《ふち》まで追い込むことは容易だろう。しかし、ラウルとて長年を騎士団長として戦ってきた経験から、多少の怪我《けが》程度では動じない精神力を身につけてしまっている。

死を覚悟するほどの戦いとなれば、重傷を前提とした殺し合いになることは避けられない。

「体が治るのなら是非とも頼みたいところであるが、護衛任務中に大怪我は負えん――」

「案ずるな。大怪我をさせずとも、存分に死を感じさせてやる」

目をギラつかせてニヤリと笑うクロスに気圧《けお》され、ラウルは若干仰《の》け反《ぞ》った。

口元だけを大きく歪《ゆが》め、犬歯を剝《む》き出《だ》しにした悪鬼のような風貌《かお》。

彼の笑顔は初めて見たが、見たことを後悔するような酷《ひど》い笑顔だ。

「やってみようよ、ラウル！　それで治るのなら僕は賛成だ！」

主は名案だと言わんばかりにパチンと手を鳴らす。

「レナルド様がそう仰《おっしゃ》るのであれば……。クロス殿、頼めるだろうか」

「構わんぞ。俺も騎士の武芸には大いに興味がある」

もう団長の座に未練はなく、今後は寝食を忘れてひたすらに忠義を尽くす。

ただ、それだけの人生でいい。

が、主を守り、役に立つためには、どうしてもあの頃の強さを取り戻さねばならんのだ。

あらゆる手を尽くしても回復の兆しさえ見えなかった体だが、自分の心を覆い尽くしていた暗雲を吹き払ってくれたこの男ならあるいは、と希望の光が僅《わず》かに灯《とも》る。

「あ、あのっ、先生！　自分にも訓練をお願いできませんでしょうか！」

「なっ――!?　ずるいぞ、オーリック！　それなら自分もお願いします！」

何故《なぜ》か見習いたちまでもが便乗し、翌日からクロスによる訓練とは名ばかりの、悪夢のような蹂《じゅう》躙《りん》劇が幕を開けた。

第十二話　騎士さん、ちょっと後悔する

「剣を振る時に眼《め》を瞑《つむ》るな。もう一度だ」

「じ、自分はもう、ダメです……。頭が、グラグラします………」

オーリックは剣を地面に突き立て、ばね仕掛けの人形のようにフラフラ歩いてしゃがみ込むと、その場で胃の中身をぶちまけた。水筒を持ったピナが慌てて駆け寄り、背中を摩《さす》ってやっている。

「「…………」」

酸っぱい臭いが周囲に満ち広がるが、ラウルとアクセルの顔には不快さとは程遠い、共感の色が浮かんでいた。二人の足元にも、今朝食べたマフィンの成れの果てが、赤土の地面に大きな染みを作っているのだ。

「そのまま訊《き》け、オーリック。立ち合いにおいて大切なのは、躊躇《ためら》いの感情を排除することだ。相手を斬り、相手に斬られる覚悟を持つ。それこそが武芸者としての初歩の初歩。剣を携えるということは、〝我にその覚悟あり〟という意思表示なのだ。遠慮は一切必要ない。相手の弱点を積極的に狙い、手薄な部分を無慈悲に攻めろ。一瞬の迷いが、仲間を、主《あるじ》を殺すことになるぞ」

くどくどと教鞭《きょうべん》が振るわれているが、蛙《かえる》が鳴くような声でえずくオーリックの耳には、きっと届いていないと思う。

「隊長……。これ以上は、もう――」

「言うな……。我らから願い出た訓練である。騎士たる者が今さら中止させてくれなどと、口が裂けても言えるものか」

土に塗《まみ》れた鎧《よろい》を気に留めることもなく、二人はコソコソと会話を続ける。

一夜明け、騎士たちは休憩の合間を見つけてクロスとの模擬戦を行っていた。無論、本来の使命である警護も疎《おろそ》かにはできないため、レナルドとピナにもそばで観戦してもらいながらの訓練だ。

クロスは当初、怪我《けが》を負わせないようにと無手での格闘戦を提案してくれたのだが、ラウルたちは彼の繰り出す初見の技に受身すら取ることが叶《かな》わず、一方的に蹂躙《じゅうりん》される羽目になった。

そうこうしている内に、クロスは段々と不機嫌になり、物足りないと言い始め――――現在は、丸腰の彼に騎士たちが順番に斬り掛かるという、狂気じみた取り組みが行われている。

「自分は訓練の時に隊長を鬼と思ったことがありましたが……。クロス先生は、悪魔であります」

アクセルは痛む左肩を摩りつつ、涙目で愚痴を漏らす。

つい先ほどまで彼の番だったのだが、あっという間に地面へねじ伏せられ、思い切り体重をかけて肩の関節を外された。こんな激痛は生まれて初めてで、折られたと勘違いして、主の前でとんでもなく情けない悲鳴を上げてしまい…………恥ずかしいやら情けないやら、そのまま行方《ゆくえ》知れずになりたいくらいの気分だった。

すぐに治療してくれたものの、まだズキズキと熱っぽく、戦意はすっかり喪失している。

「お前たちはまだマシだろう……！　私は降参すら許されんのだぞ……!!」

クロスはラウルに対して特に容赦がなく、気を失うまで戦うことを止《や》めさせなかった。

何度も頭を打って失神し、何度も絞め落とされ、そのたびに水をかけられ無理矢理《むりやり》起こされては再戦を強制されるのだ。

昨夜の宣言通り、どこにも大怪我は負っていないが、すでに精神はズタボロである。

「仕方ない、次はラウル殿だ」

その声に、思わずぎくりと肩が跳ねる。

げろげろ鳴きっぱなしの蛙は見限られたのか、急に矛先がこちらへ向いてしまった。

早くしろと言わんばかりの表情に、ラウルは渋々と槍《やり》を構える。

ふーっと、大きく一度深呼吸。

ガシャンと兜《かぶと》の面甲《ベンテール》を下ろし、心臓の辺りを何度か叩《たた》いて気合を入れ直す。

「どうした。さっさと来られよ」

「…………」

そんな挑発の言葉を聞き流し、面甲の隙間《スリット》から油断なくクロスを見据えて、ジリジリと摺《す》り足《あし》で槍に優位な間合いを測る。

武器も持っていない棒立ちの相手に、何を無様なと笑われそうな及び腰だが、この男を絶対に懐に入れてはならんと、嫌というほどに思い知らされているのだ。

「征《ゆ》くぞっ!!」

自身を奮い立たせるように裂帛《れっぱく》の気勢を上げた途端、クロスの姿が視界から消えた。

またか……！　どこへ行った!?

顔面を完全に覆う樽型兜《フルフェイス・ヘルム》は、防御力を得る代わりに、視界を大きく犠牲にしている。

彼はこちらがどれだけ注視していても、毎回、煙のようにふっと死角へ消えてしまうのだ。

膝の力を抜いて崩れ落ちるように移動する独特な歩法だが、踏み込みの一歩目が速すぎて、まるで対応できない。

それともう一つ厄介なのは、彼が身に纏《まと》う漆黒の装束。あのゆったりとダブついた服のせいで、肝心の肘や膝、筋肉の動きが隠されており、初動の察知がどうしても一瞬遅れてしまう。

「ぐぅ……っ！」

どうする、どうする、と囁《ささや》き声が頭を掻《か》き乱《みだ》す。

発作が始まるまで、もう時間がない。

ただでさえ狭い視野が、収拾の見込みのない混乱でより狭まり、集中力は限界まで伸び切っていた。考えれば考えるだけ、思考の糸は身動きがとれないほど複雑に絡み合っていく。

「ラウル！　後ろだっ！」

「ひ、左に移動しました！」

「下であります！　隊長、攻撃をっ！」

「————ッ！」

観戦者の指示に従い辺りを見渡すが、影も形も見当たらず、ラウルは苦し紛れに体の周りで槍を無茶苦茶《むちゃくちゃ》に振り回した。

熱い吐息が兜の内側に籠もり、酷《ひど》く鬱陶しく感じる。

一旦面甲を上げようと槍を止めた、その瞬間――――後頭部に衝撃が走った。

「他人の声は気にするなと、そう言わなかったか？」

また一撃。また一撃。

ぐらりと景色が回転して、平衡感覚がおかしくなる。

殴られたと気が付くも、全身から力が抜け、少しずつ意識が薄れていく。

「あ………」

自分の声が、他人の声のように聞える。

どろどろに溶け、ぐにゃぐにゃに歪《ゆが》んだ視界。立っているのが気持ち悪い。

頭部を襲う衝撃を五発ほど数え――――……後は、何も分からなくなった。


「ラウルっ!!」

滅多《めった》打《う》ちにされた忠臣に駆け寄り、レナルドは膝が汚れることも気にせず急いで兜を脱がせた。

無防備なまま何発も肘鉄を浴びていたが、どうやら出血はないらしいとほっと胸を撫《な》で下《お》ろす。

「ただの暈倒《うんとう》だ。すぐに起きる。……水筒はどこだ？」

まだ戦わせるつもりなのか、クロスは散歩でもするような足取りでピナのもとへと歩いていく。

何でもないことのように彼は言うが、レナルドは人が失神する様を見ることすら初めてで、正直言って、気が気ではなかった。

彼の訓練は本気で殺す気なのかと思うような場面も多々あり、心配のあまり座って観戦することもできず、かといって、自分には皆を励ますことしかできない。

治療のためと頭では理解しているものの、何も力になれない自分にやり切れない歯痒《はがゆ》さを感じ、レナルドはただただ涙目でラウルの頬《ほお》を撫で続けた。

◆
◆
◆

「せ、先生。先ほどの投げ技はニホンの武術なのですか？」

道を進みながら、休憩中の模擬戦について語り合う。レナルドも積極的に会話に参加するようになり、一行の旅路は昨日とは打って変わって、賑《にぎ》やかなものになっていた。

「鎧組討術《よろいくみうち》と言ってな。お前たちのような大鎧を着た敵を相手にするための武術だ。戦場で甲冑《かっちゅう》武者に斬りかかれば、一人斃《たお》しただけで剣が使い物にならなくなるからな。本来は組み伏せたあと、短刀や鎧通しで止《とど》めを刺す」

「と、とどめ……。その、どこにでしょうか？」

オーリックは自身の体をキョロキョロと見回し、不思議そうに尋ねる。

いくら量産品の安物とはいえ、各部位きっちりと体の寸法に合わせて調整した鎧。

とても刃物が通用するとは思えなかったのだ。

「鎧はどれだけ重厚なものであっても、転がしてしまえば隙間だらけになる。脇の下は丸見え、股間は完全に無防備だ。いくらでも殺《や》りようはある。なんなら、次の休憩で試してみるといい」

「…………なるほど。た、試してみます」

親友からのじっとりとした視線を感じつつ、アクセルはラウルに馬を寄せる。

「隊長、騎士にもそういった技はありますか？」

「いや、下馬して相手に摑《つか》み掛《か》かること自体が無様と言われることもあってな。騎士にとって、格闘術はあまり良しとされておらんのだ。戦場では、戦棍《メイス》などの対甲冑を意識した打撃武器で対抗する場合が多い」

ファラス王国の騎士には格闘術や飛び道具を避ける風潮があり、槍を使う者が大多数を占める。

騎士というだけあって馬上戦を主眼にしているため、特に長柄の武器が好まれるのだ。

とはいっても、戦場では馬が先に戦死してしまう場面や、槍を振り回せないような狭い屋内戦もザラにある。そのため予備の武器として帯剣はしているものの、騎乗の邪魔になるという理由から、腰に下げて歩ける長さまでと明確にルールが定められていた。

「武士にはそういった武器や武術に関する制約は、な、ないのですか？」

「我らは戦いにおいて役立つ手段は何でも取り入れるぞ。あらゆる武術の用法を把握し、それぞれの武器の利点を識《し》る。それができないことこそが武士として嗜《たしな》みが浅く、無様とされている。だからこそ、俺はこの国で過ごす生活が楽しい。見たこともない武器や武術、魔術などというものまであるからな」

打ち解けてきたからか、無愛想なクロスの感情が少しだけ読めるようになってきた。

今のは、彼なりの弾んだ声。口笛を吹き始めるとか鼻歌を歌い出す直前の、上機嫌な素振りだ。

「先生は魔術を使えないのですよね？　それでも、気になるものでありますか？」

「当然だ。魔術師は一騎討ちならば脅威には思わんが、戦場では猛威を振るうだろう。俺はまだ火の魔術師しか知らんからな。他の属性とも手合わせしてみたいものだ」

「魔術師《かれら》は基本的に近接戦闘に弱いからな。杖《つえ》以外の武器で戦うのは、魔術の格が低いからだと馬鹿にされたりもする。私も身体強化だけで戦っていたせいか、紛《まが》い物《もの》とよく揶揄《やゆ》されたものだ」

そのことだけが理由ではないが、結局、魔術師ギルドとは相性が悪いままだった。

最後に顔を出したのが何年前だったか覚えていないくらいだ。

「騎士は徒手空拳を恥とし、魔術師は近接戦闘を恥とするのか。そういった矜持《きょうじ》を否定する気はないが……。貴族の魔術に対する考え方といい、どうも、この国には固定観念を持った者が多いようだな。俺の仲間の魔術師も最初は接近戦が弱かったが、柔術や杖術《じょうじゅつ》を覚えてからは、単独で豚鬼《オーク》とも張り合うようになったぞ。初日に俺と一緒にいた、パメラのことだ」

ラウルは驚きに目をパチクリさせる。

「なんと――――。あんな華奢《きゃしゃ》なお嬢さんがか」

彼の所属しているパーティーはEランクだったはずだ。つまり、豚鬼とは同格。

戦士職であれば『なかなかやるな』で終わる話だが、魔術師となると俄《にわか》には信じ難い。

「豚鬼と接近戦で戦うのでありますか!?　魔術師が!?」

「ぼ、冒険者とは凄《すご》いのですね…………」

ラウルが異端視されていたように、魔術師は後衛職というのがこの国における一般的な認識だ。

通常、攻撃までに時間を要し、自身を巻き込むような大技も近場で撃てない彼らは、近づいてしまえば何もできない。

剣や槍を得意とする者にとって、近接戦闘をこなす魔術師など厄介極まりない存在である。

「それでは、己の〝手段〟を選り好《えごの》みするアンギラの者は、他国や他領に比べて弱いのでしょうか？」

レナルドが不安げに質問する。

主はクロスの思想にいい意味で感化されたらしく、随分と視野の広いことを考えるようになった。

「どうだろうな。俺はこの国に来て日が浅い上に、比べようにも他の領を知らん。だが、アンギラの近くには〝何とか帝国〟とかいう敵国があるのだろう？　であれば、大丈夫なのではないか」

その発言に、皆がきょとんとした顔つきになる。

「えっと……。敵がいることが何か関係あるのですか？」

「民草にとって外敵の存在など厄介事でしかないが、為政者としては悪い面ばかりではないのだ。敵が身近にいれば軍は油断や怠りなく鍛錬に励み、武家は処罰にも心を遣うようになるため、政治も正しくなり家も整う。もし敵がいなければ軍は武力の嗜みを欠き、武家は上下ともに己を高く思って、恥を恐れる心を失い、ゆっくりと時間をかけて弱くなるものだ。故《ゆえ》に、黒須家では常に近隣諸国と敵対関係を築くようにしている」

い、い、い、
あえて敵対する――――……？

それは、侵略する側の理屈。どことなく、オルクス帝国の外交姿勢に近いように思えた。

いや、ここまで好戦的だと武力外交と呼べるかどうかも微妙だが、いずれにせよ、周辺国はたまったものではないだろう。

「なるほど……。敵の存在があればこそ、常に身が引き締まるということであるか。差し迫る脅威がなければ、真面目に訓練に取り組む者は少なくなるかもしれんな」

「自分はアンギラで生まれ育ったので、敵がいない日常など想像もできないのであります」

「じ、自分もです。幼い頃は、敵国に接していない都市を羨ましく思ったこともありますが……」

「たしかに、内地の方は軍よりも、警邏隊《けいらたい》や衛兵が幅を利かせていると聞きますね」

王都近辺に至っては、領主貴族による圧政や軍の腐敗も蔓延《まんえん》していると耳にしたことがある。あれは平和に慣れすぎた弊害か、とレナルドが心のメモに記していると、御者席から大声が上がった。

「ご主人様！　ナバルが見えました！」

第十三話　お侍さん、変なのに出逢《であ》う

小高い丘を登り終えると、眼《め》が痛くなるほど鮮やかな紺碧《こんぺき》の色が広がっていた。

水天一碧《すいてんいっぺき》。遠浅の、どこまでも澄み渡った珊瑚礁《さんごしょう》の海だ。

白々とした砂浜がそっと海に寄り添って横たわり、遥《はる》か弓なりに続いている。

「――――アンギラの街並みも美しいが、ナバルも負けていないな」

丘の上から見下ろす港町も、その絶景に引けを取らない幻想的な麗姿《れいし》だ。

海を望む緩い傾斜地に密集して建てられた家々は、白鷺城《しらさぎじょう》の漆喰《しっくい》塗りのような白壁と、明るい青の屋根瓦で色彩が統一されており、潮風に揺れる洗濯物の彩りと相まって実によく海に映えている。

一点の雲も留《とど》めぬ蒼穹《そうきゅう》の加減か、町全体が宝玉のように碧《あお》くツヤツヤと光って見えた。

まさに風光明媚《ふうこうめいび》。浮世絵にして飾りたくなるほど見事な風景である。

黒須《くろす》はしばらくその場に立って、景色に見惚《みほ》れた。

「僕もこの丘から見る景色が大好きなんです。それに、この町は食べ物も美味《おい》しいんですよ」

「ナバルの魚介料理は絶品ですからな。不漁が続いているのは悲劇としか言いようがない」

ラウルは同意を促すように肩をすぼめ、本気で悲しそうな顔をしていた。

海鮮が好物なのだろうか。

「隊長、自分は先触れに行って参ります！」

ラウルの了解を得て、アクセルが門番の所へ先行する。

その様子を眺めながら、ふと、黒須は思いついた疑問を口にした。

「そういえば、今回の訪問は代官殿に伝わっているのか？」

「もちろんです。緊急の面会でしたので、冒険者に特急で手紙を届けてもらいました。ナバルの代官はマグナス・ボレロ男爵という方で、何でも、ご自身でも漁に出る海の男なのだとか」

レナルドは何度かナバルを訪れているが、代官に逢うのはこれが初めてなのだそうだ。

今回使った街道以外にも、この町へ繋《つな》がる経路はいくつかあり、時間を気にしないのであれば、安全な旅路も確保されているらしい。

「み、自ら船に乗られるのですか……。勇敢な男爵様なのですね」

「そうだね。僕ならきっと、魔物にやられる前に船酔いで動けなくなりそうだ」

「…………………」

忘れかけていた忌まわしい記憶が蘇《よみがえ》る。

以前、流刑地に高名な海賊衆が棲《す》んでいると聞いて、弁財船に同乗させてもらい向かったことがあったのだ。天候も良好で、急流を下る渡し船ほど酷《ひど》い揺れではなかったが、それでも船内は悲惨な有様だった。船酔いする者が続出し、そこら中が吐瀉物《としゃぶつ》だらけ。海上で水を飲むと死んでしまうという船頭の指示で、真水であっても口にすることが許されず、皆して酢や大根のしぼり汁に頼っていた。また、吐いて喉が渇いた時は童子《こども》の小便を飲むのがいいぞと誰かが言い出し、しかし、流刑地に向かう船に童子が乗っているはずもなく、これは他に打つ手がないと、お互いの――

……


迷信を信じる人間の無知に、阿呆《あほ》らしさを感じずにはいられなかった事件。

ぞっとするような遠い記憶を打ち消すようにして、黒須は頭の中にある扉をぱたんと閉じた。


先触れのおかげで、ナバルの門は素通りも同然だった。

審査に並ぶ人々を横目に門を抜け、周囲に眼を光らせながら通りを進む。

「さて、では宿を取りに参りましょう。この時期はどこも空いているはずです」

その言葉に黒須は首を傾《かし》げた。

「貴公らは代官殿の屋敷に泊まるのではないのか？　宿は俺だけだと思っていたが」

領主の関係者が逗留《とうりゅう》する場合、日本であれば、その地の代官には歓待の義務がある。

来訪を知りつつ宿に泊まらせるなど、謀叛《むほん》を疑われても文句は言えないほどの無礼。

どれだけ小さな、どれだけ貧しい寒村であっても、精一杯に饗《もてな》すのが心意気というもの。

親切な接待が、温かい気遣いが、心地のいい後味をいつまでも残してくれるのだ。

「はは、先生。大きな街ならそうしますが、小さな町の代官邸には、来客を泊められるような広さはありませんよ。ほら、あれが男爵の住む家です」

レナルドが指差したのは、周囲よりは大きいものの、〝屋敷〟と呼ぶか〝家〟と呼ぶかは微妙な建物だった。正直、大きさだけなら荒野の守人の拠点といい勝負だ。

自分を除く五人程度なら十分に泊まれそうなものだが………

いや、これもまた文化の違いか。

その後、代官の屋敷よりも余程立派な宿で部屋を取った。アクセルが門兵から町一番の宿と紹介を受けたらしく、広々とした室内に、正面の窓からは海が一望できる贅沢《ぜいたく》な部屋だ。

強風に逆らって飛ぶ海鳥たちの群れや、ざぶんざぶんという海鳴りの遠音も微《かす》かに耳に届く。

「僕たちは会談に向けた準備がありますので、先生は明日の朝までご自由にお過ごしください。海沿いの通りに商店が集中していますよ」

今回の護衛依頼には往復の道中だけではなく、会談中の身辺警護も含まれている。

貴族の会談に傭兵《ようへい》などが陪席していいのかとサリアに尋ねたが、そもそも依頼書に秘密保持の条項が付与されているため、違約すれば傭兵ギルドから処罰されるのだそうだ。

「そうか。なら海を見ながら散策でもさせてもらうとしよう」

勧められた海沿いの通りを目指し、一人、のんびりと道を歩く。

海を見るのも久しぶりだ。

頬を撫《な》でる心地よい潮風と海の匂いに、美しい様式の建造物。

行き交う人々は皆よく日に焼けており、小麦色の肌は潑剌《はつらつ》として見える。

それになにより、静かなのがいい。

故国でも名所と呼ばれる港町はいくつか訪れたが、観光地ならではの通俗さが入り込んでいて、自然の静寂さはガヤガヤと喧《やかま》しい過客と庄屋《しょうや》に侵されつつあった。

この町は人が少ないおかげか、青と白の世界に潮騒《しおさい》が響くのみで、穏やかな時間が流れている。

アンギラとはまた違った異国情緒に、黒須の足取りは軽かった。

通りを進むにつれ徐々に磯臭《いそくさ》さが強まり、腹が微かにくぅーっと情けない音を発する。

黒須家の領地は内陸であったため、食卓に上る魚はどれも干物や塩漬けばかり。

商店に出回る鮮魚と言えば鯉《こい》くらいのものだったが、高級魚であるが故《ゆえ》に滅多《めった》に口に入ることはなく、兄上たちと近くの川で泥臭い鮒《ふな》を捕まえては焼いて食べていた。

そんな青春時代を過ごしたからか、初めて港町の屋台で鮨《すし》を食った時には、眼玉が飛び出すかと思うくらいに感動したものだ。

一口食べるなり、本当に気が変になるかと思った。世の中にこんなに旨《うま》いものがあったのかと。

そして知った。美味なる料理には人を瞑目《めいもく》させ、快楽に堕《お》とすほどの力があるのだと。

以来、潮の匂いを嗅ぐと、どうにも腹が減る体質になってしまった。

海が近いというだけで、ご馳走《ちそう》を眺めている時と同じ作用が脳に働く。一種の条件反射である。

しばらく進んで住宅街を抜けると、小型の漁船がちらほらと停泊している港に出た。

正面には雄大な大海原《おおうなばら》。

沖に一つ大きな島があるものの、それを除けば水平線が綺麗《きれい》に見える。左右の通りには、先ほどまで見なかった屋台や露天商の姿もあり、食欲を唆《そそ》る香りが漂っていた。波止場には所狭しと釣り人が並び、長い竿《さお》を旗印のように波打ち際に立てて、じっと沖合いを睨《にら》んでいる。

黒須に魚釣りの経験はないが、海国には、釣りを武芸と同等に扱う武家もあるらしい。

その地で『勝負はいかがでござった？』と訊《き》けば、それは立ち合いの結果ではなく、釣果《ちょうか》を尋ねる意味になるのだとか。刀と同じように釣り竿にも執着し、中には〝名竿《めいかん》は名刀より得難し〟と公言するほど熱中する武士もいるそうだ。

「店主、これは何の串焼きだ？」

「へいらっしゃい！　こっちから太巻貝、大砲海老《えび》、平蛸《たいらだこ》、大飛魚だ！　どれも今朝獲《と》ったばかりの旬物《しゅんもの》だよ！」

じゅうじゅうと炭火で炙《あぶ》られる海鮮の音。

言い散らすような宣伝は必要なく、これだけで十分に袖を引かれた。

屋台の庇《ひさし》にぶら下がっている値札は読めないが、特に気にせず注文する。

「旨そうだな。それぞれ一本ずつくれ」

「まいどっ！」

ナバルでの飲食代は、傭兵ギルドが持ってくれることになっているため、景気よく銀貨を手渡す。

酒樽《さかだる》を代用した椅子に腰かけ、まずは念入りに観察。

この国に来てからは、知っている食材の方が少ないくらいの生活だったので、未知の食べ物にもすでに抵抗感はなくなっている。

豚鬼という、人型の生き物まで食べてしまったのだ。

今さら巨大な海老や毒々しい色の蛸《たこ》など、気にするまでもない。

串焼きは塩を振って焼いただけの簡単なものだったが、やはり鮮度がいいのだろう。見てくれは別として、どれも旨い。

特に大砲海老は絶品だ。海老は大きいほど大味で不味《まず》くなると言うが、これは身が締まっていてプツンという心地よい歯ごたえに加え、噛《か》むたびに甘みがある。

以前食べた甘海老が霞《かす》むくらいの味だった。

満腹に気を良くしながら露店を冷やかして歩いていると、ふと冒険者ギルドの看板が眼に入った。

ナバルのような小さな町にも支部があるのかと思い、暇つぶしに依頼でも見てみようとフラリと立ち寄る。

建物の中はいつも騒がしいアンギラとは違い、閑古鳥《かんこどり》が鳴いていた。

室内にざぶんざぶんと繰り返し響く潮騒の単調な反復が、寂しさに拍車をかけている。

酒場の方で数人が飲み食いしているものの、掲示板の前には誰もおらず、がら空き状態。

というよりも、そもそも貼られている依頼書の数が酷く少ない。知っている単語を頼りに読み解けば、常設依頼の海産物の採取と船の荷の積み下ろしの手伝い、屋台の売り子の募集だけだった。

「おぉ〜い、兄ちゃん」

やけに図太い呼び声に振り向くと、酒場で呑《の》んでいる──男？　がこちらに手招きしていた。

「…………………」

瞬時に思考が凍結し、一時、活動を停止する。

見間違いかと自分の眼を疑い、黒須は近くに歩み寄って数回パチパチと瞬《まばた》きをした。

「んー？　なんだよ、ジロジロ見て。オレの顔になんかついてっか？」

ついている。顔と言わず、全身に。

「……いや、初めて見る種族だったのでな。気分を害したのなら謝ろう」

「なーんだ、そういうことかよ。オレは蜥蜴人族《リザードマン》のタイメン、Eランクだ。よろしくなー」

親しげに声を掛けてきたのは、筋骨隆々の巨大な蜥蜴《とかげ》だった。

第十四話　お侍さん、高みを知る

タイメンは鳥獣戯画《ちょうじゅうぎが》にでも出てきそうな、二足歩行の巨大な蜥蜴《とかげ》だった。

これまでに出逢《であ》った種族の中で、最も人間離れした姿をしている。

七尺《二・一メートル》近い上背《うわぜい》に加え、頭部が小さく見えるほどに盛り上がった筋肉の鎧《よろい》。無駄な肉は一片もなく、二の腕の太さなどは、黒須《くろす》の太腿《ふともも》を悠々上回っているだろう。全身を錆《さび》のような赤銅色《しゃくどういろ》の鱗《うろこ》に覆われ、手には水掻《みずか》き、金色の瞳に縦に裂けた瞳孔、頭には角のような突起まである。

酒盃《しゅはい》を片手に気さくに話しているから他種族と認識したが、正直、森でばったりと出会《でくわ》していたら、魔物と思って斬ってしまいそうな見た目の人物だ。

「Eランクのクロスだ。よろしく頼む」

挨拶を交わし、勧められるままに黒須も向かいの席に腰を下ろす。

これもある種の怖いもの見たさというのだろうか。

信用していい相手なのかは分からないが、好奇心が警戒心に圧勝した。

人語を操る蜥蜴などという稀有《けう》な生き物。この機会を逸すれば二度と遭遇しないかもしれない。

「クロス、お前他所《よそ》の街から来たんだろ？　今のナバルにゃ依頼はねーぞ。だからオレもこうやって昼間っから酒なんか飲んでんだ。ヒマなんだよ」

「アンギラから今日着いたばかりだ。いつもはもっと依頼があるのか？」

「ここ最近の不漁の話は領都まで届いてねーのか？　沖に島亀《アスピドケロン》が居着いちまってな。水棲《すいせい》魔物の討伐依頼が全滅だよチキショウ。あ～あ、オレもアンギラみたいな都会に引っ越してーなー」

悪態を吐《つ》きながら、タイメンは豪快に酒を呷《あお》った。

ちらりと覗《のぞ》くギザギザ尖《とが》った歯並び。いや、牙と呼称すべきだろうか。

唇も頬《ほお》もないように見えるが、一滴も零《こぼ》すことなく器用に口に運んでいる。

筋肉のせいで首の可動域が狭いらしく、いちいち顎を真上に向けるので、大事な何かを思い悩み、天を仰いでいるような格好だ。

黒須は珍獣の食事風景を眺めている気分だった。

「島亀とは何だ。魔物か？」

「ぶッ――――!?」

酒を呑《の》みそこねたのか、突然、タイメンが激しく噎《む》せた。

巨大な身体《からだ》を二つ折りにして、心底苦しそうにゲホゲホと咳《せ》き込《こ》んでいる。

「マジかお前!!　Eランクのクセにンなことも知らねーのかよ!?」

「色々と勉強中でな」

鮫《さめ》のように大口を開け、文字通り、開いた口が塞がらないといった様子。

縦に裂けていた瞳孔も、完全な丸型になってしまっている。

「……ったく、しゃーねーな。ここ来る時、海に馬鹿デケー島があったろ？　あれがSランクの島亀って魔物だ。あっちこっち好き勝手に移動する迷惑な亀野郎だよ」

「────冗談だろう？　あれが、魔物だと？」

港から遠目に大きな島が見えたが、木々が生え、丘や崖さえあった。

とても生物には見えなかったし、第一、あんなにも巨大な魔物が存在するとは俄《にわか》に信じ難《がた》い。

「冗談だったらいいのになー。あいつは基本こっちが手ぇ出さなきゃ無害なんだけどよ。近くを舟が通ると大暴れする、癇癪《かんしゃく》持ちの面倒《めんど》くせーヤツだ。他のSランクもそうだが、まさに動く災害だよ。どっか行ってくれるのを待つしかねーんだ」

「…………………」

「んー？　どうしたよ？　お～い」

この国に来てから、驚かされることは幾度となくあった。

他種族の存在、魔術、迷宮、魔法袋。

しかし、そのどれとも違う衝撃。頭が揺れるような錯覚さえ覚える。

山を斬ろうとするようなものだ。挑もうと思うことすら莫迦《ばか》莫迦しい。

そして何よりも、冒険者に登録した際のディアナの説明を思い出していた。

『冒険者ランクとは、同級の魔物を単独で倒せるかどうかという目安になっている』

彼女はたしかにそう言ったはずだ。

つまり、Sランクの冒険者は────

「……すまん、少し驚いてしまった。では、あれを斃《たお》すにはSランクを呼ぶしかないのか」

「バッカ、お前！　あんなん倒せるわきゃねーだろ!!」

予想していた返答《もの》とは大幅に異なる反応。

〝報酬が高い〟でも、〝どこにいるか分からない〟でもなく、〝斃せない〟と言った。

「お前さー……。その辺のガキでも知ってるようなことをさー……」

面食らってぽかんとする黒須に対し、タイメンは可哀想《かわいそう》なものを見るような眼《め》で説明を続ける。

「あのな。いいか？　Sランクってのは、たしかにバケモンみてーに強いって話だが、〝偉業を成した英雄〟に与えられる称号なんだよ。冒険者ランクは戦闘力だけで上がるもんじゃねーって、登録した時に聞いたろ？」

「依頼の達成率や本人の素行、冒険者ギルドへの貢献度、だったか」

「そうそう。例えば聖国にゃ〝聖女〟って呼ばれてる冒険者がいるが、ソイツは当代随一の治癒の奇跡で大勢の命を救ってSランクに認定されてる。だけど、本人は極度のビビりで、小鬼《ゴブリン》すら殺せねーって話だぜ。逆に、魔物のSランクってのは〝討伐不可能な魔物〟の総称で、純粋な戦闘力だけで評価されてる。何百年も前に一体討伐されたって噂《うわさ》は聞いたことあっけど、それもおとぎ話みてーなもんだ」

「………そういうことか」

安堵《あんど》したような、落胆したような、複雑な心境だ。

仮にあれを単独で斃せる者がいたとすれば、それは自分よりも遥《はる》かに格上。比べるのも烏滸《おこ》がましい、雲の上の存在だろう。

そんな相手に挑んで死ねたなら、武士として本望だったろうにと想《おも》う。

「だからさっきも言っただろー？　あの亀野郎が心機一転して旅に出てくんなきゃ、オレはずぅーっとここで飲んでるしかねーんだよ。オレの財布と肝臓のためにも、早いとこ出発してほしいもんだぜ」

タイメンはそうボヤきつつ、机にべったりと突っ伏した。黒須は投げ出された頭部についている角に触れてみたい欲求に駆られたが、どうにかそれを我慢する。

「港町で船が出せんのは辛《つら》いな。外で売っている魚介は浅瀬で獲《と》ったものか。あれはいつから沖にいる？」

「今年に入ってすぐだから……もう一年近くになるんじゃねーか？　だいたい三年以内にゃ移動するらしいんだけどよー。島亀より先に、冒険者が他の街に移住しちまったわ。オレもついていきゃーよかったぜ」

言われてみれば。ぶらぶらと散策していた際、それらしき者を一人も見かけなかった。単に田舎《いなか》だからだと思っていたが、そんな事情があったのか。

「それもそうだ。冒険者なら、さっさと他所の土地に行けばいいだろうに。アンギラもここから馬でたったの二日だぞ」

「そうなんだけどよー……。オレら蜥蜴人は、どっちかってーと水場の方が活動しやすいんだよなー。見ろよ、この素敵な水掻きと立派な尻尾《しっぽ》。こんなん陸地じゃ役に立たねーよ」

タイメンは自分の身長の半分ほどもある長い尻尾を、顔の横に持ち上げてみせた。

尾甲《びこう》――と呼ぶのだろうか、トゲトゲした鉄の鋲《びょう》がついた革鎧のような物で先端を覆っている。

「そうなのか？　その尻尾、振り回せば十分攻撃に使えそうに見えるが」

「うーわ、出たよ。人族ってみーんなそれ言うけどな。尻尾だって手足と同じで、攻撃されりゃー痛いんだぜ？　魔物に噛《か》みつかれたら泣くわ」

タイメンはペラペラとよく喋《しゃべ》り、アンギラの様子や迷宮の話を聞きたがった。

見かけに依《よ》らず――――と言うと失礼になるかもしれないが、頭の回転が早く、打てば響くといった会話のできる男で、意外にも話は弾んだ。

滾々《こんこん》と、泉の如く湧き出る話題。ナバルでは普段どんな依頼が多いのか。迷宮で見つけた宝箱の中身とその買取金額は。水棲の魔物がいかに厄介であるか……などなど、大半が他愛《たわい》のない内容だ。

途中、何度か用を足しに行く場面があったが、席を立つ時は必ず酒盃を空にしている。

冒険者にしては珍しく、その辺の警戒心《じょうしき》も身につけているらしい。

結局、酒を酌み交わしながら日が傾くまで雑談を続け、色々と教えてもらった礼に代金を奢《おご》って黒須はギルドを後にした。


「…………」

行きがけに通りがかった港で係船柱《けいせんちゅう》に腰を下ろし、夕日に照らされた沖の島をじっと観察する。

陸地からの距離はおよそ二里《八キロ》。

少し霞《かすみ》がかっているものの、やはり、どこをどう見てもただの島だ。

黒々とした樹木がこんもりと生い茂り、白波の打ち付ける崖の途中には、幾本かの滝が糸を垂らすように降りて水煙を上げている。魚の背鰭《せびれ》のように突き出した岩礁には所々に巣があるらしく、大量の海鳥たちが自由気ままに飛び交っていた。

タイメンからは、こちらを謀《たばか》ろうとするような害意は微塵《みじん》も感じなかったが……担がれたのだろうか。

半信半疑の脳裏にチラつくのは、ある伝説の神獣の存在。

かの有名な竹取物語に、姫が求婚する公達《きんだち》どもへ出す無理難題の一つとして〝蓬萊山《ほうらいざん》の玉の枝《え》〟という財宝が登場する。その蓬萊山《ほうらいざん》を背負うとされるのが、万年を生きた大亀。瑞獣《ずいじゅう》、霊亀《れいき》だ。

幸運を齎《もたら》す四神四霊は美術品の題材としてありふれたもののため、黒須も生家の掛軸に描かれた水墨画で、何度もその姿を拝んでいる。

しかし、眼前に浮かぶ島はそれとは全く似ても似つかない外観で――

と、考えていた矢先。島の中央、崖下の海面に巨大な渦潮が発生した。

そしてそれがふっと収まったかと思うと、海中が大爆発したかのような凄《すさ》まじい轟音《ごうおん》と共に、水柱が噴き立つ。

天にも届くような水しぶきが上がり、遥か遠くにいる黒須の頭上にも雨のように降り注いだ。

空中に霧散した海水を夕日が照らし、時節を外れた虹が輪になって出滅する。

「…………っ!?」

一瞬、何が起こったのか判《わか》らなかった。

雷のように、眼にした光景と音が、ほんの僅《わず》かな違和感をなしてズレたような感覚だ。

「まさか――――！」

咄嗟《とっさ》に立ち上がって周囲を見渡す。

が、住民や釣り人たちは迷惑そうな顔をしているだけで、大騒ぎする者は誰一人としていない。

明らかに、この異様な状況に慣れていいる様子だ。

攻撃かと思い身構えたが、これは………

黒須は無言のまま島へ向き直り、改めて、まじまじと凝視する。

「――――呼吸、したのか？」

もし舟に乗っている時にそばであれが起きたなら、大型船でも確実に海の藻屑《もくず》になる。

いや、それどころか、水軍の船団であっても、一撃で壊滅させられるに違いない。

タイメンは島亀を討伐不可能と言っていたが………

万が一この町に襲い掛かってきたら、一体、どんな手段で対抗できるだろうか？

すでに黒須の中では、あれが魔物であることは確信に変わっていた。

領地を守護する武士の習性によって、ありとあらゆる手段を思い浮かべては否定してゆく。

弓や鉄砲はおろか、大砲《おおづつ》を百門並べたところで意味があるとは到底思えない。

然《しか》らばどうにか小舟で上陸し、直接頭部を狙う他ないか。

否《いな》、頭が水中にあれば手の出しようがない。

油を撒《ま》いて火計を仕掛けるべきか。

否、ただの呼吸があの威力だ。本気で暴れ始めれば、近づくことすらできはすまい。

ならば――……

黒須は潮水でびしょ濡《ぬ》れになったことを気にも留めず、腕を組んで考え込みながら帰路についたのだった。

第十五話　お侍さん、会談を見守る

翌朝。宿の食堂で朝食を食べ終えた一行は、代官邸へ向かっていた。

徒歩で四半刻《三十分》とかからない場所なのに、貴族訪問の礼儀としてわざわざ馬車と馬での移動である。

「ピナ殿」

他の面子《メンツ》に気取られぬよう、黒須《くろす》は御者席に馬を寄せてこっそりと声を掛けた。

流石《さすが》は獣人というべきか、吐息のような囁《ささや》きに獣耳がピクリと反応する。

「クロス様。どうか、私のことはピナと」

……だいぶ嫌われていたはずだが、どうやら心証は回復してくれたらしい。

「そうか、ではピナ。皆えらく寝不足に見えるが、何かあったのではないか？　……お前も隈《くま》ができているぞ。大丈夫か？」

朝食の席で、レナルドたちは妙な雰囲気だった。

軽い興奮状態というか、空元気というか。顔は酷《ひど》く疲れているのに、やたらと声が大きく、眼《め》だけがギラついている。不眠不休の陣中武者のような様相だ。

「うふふ、昨晩は明け方まで今後のことを話していたのです。クロス様のおかげで、ご主人様はとても楽しそうに将来への展望を語っておられましたよ。たしかに少々寝不足ですが、むしろ気分は絶好調ですので、ご心配なく」

そう晴れやかに笑うピナの顔は、世の中にこれ以上嬉《うれ》しそうな表情はあるまい、と思うくらいに輝いて見えた。


代官邸に到着すると、建物の前で列をなす使用人たちに出迎えられた。

練習でもしていたのか、同時に揃《そろ》って腰を折り、息を合わせて歓迎の言葉を口にする。

ラウルが護衛代表として取ってつけたような挨拶を交わし、馬車と馬を預けたあと、ようやく中へ案内された。

宿やギルドもそうだったが、建物の内部も全て真っ白な塗り壁だ。天井と床の近くに貝殻を使った装飾がずらりと埋め込まれており、廊下に並べられている調度品の数々も、質の良さそうなものばかり。盆栽でも飾るような気軽さで置かれているのは、恐らく、宝石珊瑚《さんご》の一種だろう。

故国では御禁制とされるほどの贅沢品《ぜいたくひん》。昔、母上があんな色味の簪《かんざし》を見せてくれたことがある。

国は違えど、やはり見栄《みえ》や虚栄心というものは権力者特有の病らしく、応接室に到るまでの短い通路は、これでもかと言わんばかりの自己顕示欲に満《み》ち溢《あふ》れていた。

「こちらです」

使用人がレナルドの入室を告げて扉を開いた、次の瞬間。

黒須は部屋の中に立っている人物を見て、思わず声を掛ける。

「「何（を）して（る）んだ、お前？」」

まるで台本でも用意されていたかのように、ぴったり声が重なった。

「タイメン、知り合いか？」

「先生、お知り合いですか？」

テーブルを挟んで、大きなソファーが向かい合っている応接室。

その片側にタイメンと、彼よりも少し細身で上背《うわぜい》のある蜥蜴人が立っていたのだ。

「いや、知り合いっつーか……。なぁ？」

あれこれ説明するのが面倒だったのか、タイメンはそう曖昧に返事をして、同意を求めるような視線をこちらへ向ける。先日の上裸姿ではなく、明らかによそ行きの格好で。

はち切れんばかりにピチピチの上着。洗濯のしすぎか、糸が酷く痩せてしまっており、所々薄くなって裏からつぎを当てた針の跡が見える。下穿《したば》きには無数の細かい皺《しわ》が寄り、膝に一目で穿《は》き潰したからだと分かる穴が空いていた。

身だしなみを整えようとした努力は認めるが、あまり服飾に頓着《とんちゃく》しない黒須から見ても、いかにも着慣れていないと気付けるようなちぐはぐな有様だ。

「ああ。昨日、冒険者ギルドで偶然逢《あ》った。タイメン、お前代官殿の関係者だったのか？」

「お前こそ、なんで領主様のご令息といんだよ？　冒険者じゃねーのか？」

タイメンがそう言った途端、隣にいた蜥蜴人が彼の頭に拳骨《げんこつ》を落とした。

高い身長から放たれる思い切りのいい一撃。

常人が喰《く》らえば、即死してもおかしくない威力である。

「この馬鹿息子がッ！　レナルド様の従者に対して、何という口の利き方だ!!」

「いってーな、親父《おやじ》!!　殴るこたぁねーだろ!　アイツはオレの友達《ツレ》だぞ!」

大声で怒鳴り合う二人は興奮しているのか、尻尾《しっぽ》をビタンビタンと床に打ち付けている。

友人になったつもりはなかったものの、たしかに、そこそこ永い時間を共に過ごした。

素性は全く知らなかったが、黒須も彼の剽軽《ひょうきん》な性格を悪くは思っていなかったため、あえてその言葉を否定することはせず、レナルドたちに昨日の出来事を伝える。

それぞれがそれぞれに説明を終え、ようやく会談の場が整った。

タイメンは隣の蜥蜴人と一緒に席へ着き、こちら側はレナルド以外、彼の後ろに並び立つ。

「いやはや、大変お見苦しいところをお目にかけまして………」

細身の蜥蜴人は恐縮しきった様子だったが、乱れた服装を整え終えると、急に態度を一変させた。

「では、改めまして。辺境伯閣下よりナバルの代官を仰せつかっております、マグナス・ボレロ男爵でございます。横におりますのは愚息のタイメン。まずは、レナルド様にわざわざこのような遠方まで足を運ばせた無礼、伏してお詫《わ》び申し上げる所存にございます」

慇懃《いんぎん》に口上を述べる男爵は、その身分に見合うだけの覇気を纏《まと》っていた。

眼光は鋭く、顳《こめかみ》から右頬にかけて刻まれている大きな面傷《おもてきず》が、一見穏やかな佇《たたず》まいに不思議な凄《すご》味《み》を加えている。

身体《からだ》を動かすたびに聞こえる、ザラザラという小さな音。

これは恐らく、服の下に着込んだ鎖帷子《くさりかたびら》と鱗《うろこ》が擦《こす》れている音だ。

タイメンの強い警戒心は、親譲りのものだったらしい。

「頭をお上げください、ボレロ卿《きょう》。無理を言って急に訪問したのです。無礼はこちらにこそありましょう。それに、今回は私の方が頭を下げねばなりません」

レナルドはそう言って、本当に深々と頭を下げた。

ラウルやピナが静観しているところを見るに、事前に決めていた段取りなのだろう。

しかし……〝私〟、か。

多少緊張している面持ちだが、どうやらこの手の会談は初めてではなさそうだ。

格下の相手を見下すでもなく、それでいて、謙《へりくだ》るような口調でもない。

なかなかどうして絶妙な物言い。

巷《ちまた》には、身分を笠《かさ》に着て大上段から尊大に振る舞う貴族も多いと聞くが、そんな相手に抱くのは敬意ではなく殺意だけだ。

レナルドの態度は貴族として、堂に入っているように思えた。

「いけません、レナルド様！　辺境伯のご子息が私のような者に何故《なぜ》そのようなことをっ！　どうかお止《や》めください!!」

男爵は大慌てでレナルドを止める。

タイメンも彼が頭を下げたことに、眼を点にして驚いた様子だ。

「ボレロ卿、本当に申し訳ありません。実は――――……」

レナルドは顔を上げると、帝国の暴虐を契機とした一連の騒動について説明した。

男爵の反応を窺《うかが》いながら、ゆっくりと、筋道立てて、丁寧に。

「……という状況です。ついては、以前ご要請いただいていた減税の嘆願を、取り下げさせていただかなくてはならなくなりました」

「――いえ、そのような事情であれば致し方ないでしょう。本来は我らも援軍に向かわねばならないところ、それを免じていただけただけでも過分なご配慮と存じます。アンギラの非常事態に、ナバルだけが我儘《わがまま》勝手を申すつもりはございません」

男爵は一瞬動揺を見せたものの、すぐさま取り繕って、愛想笑いの出来損ないのようなものを浮かべた。口元は笑みで答えているが、眼は全く笑っていない。

昨日のタイメンの話によれば、もう一年もまともに漁に出られていないはず。

この地の税法が検見取《けみどり》か定免《じょうめん》かは知らないが、小さな港町の代官にそれほど多くの貯《たくわ》えがあるとも思えず、不漁に喘《あえ》ぐ民の税を免除するにも限界が近いに違いない。

そんな窮地で取り得る手段は、公明正大とは程遠い、間に合わせの暫定処置と相場が決まっている。飢えた蛸《たこ》が自らの脚を喰らうように、穴を埋めながら他方に新しい穴を空け、その場を凌《しの》ぐことで当座の遣《や》り繰《く》りだけつけている。きっとそういう方法だ。

察するに、心中は千辛万苦《せんしんばんく》に満ちているだろう。

「でもよ、親父……あっ、父上。島亀はいつ動くのか分かんねー、ないんですよ。商船の運航もずっと止まったまんまだし……。このままじゃ、漁師も商人も干上がっちまいますぜ？」

「そうだとしてもだ。万が一、北方地域が帝国に侵略でもされれば、それこそ途方もない数の人々が路頭に迷うことになる。その被害はナバルの比ではないだろう。タイメンよ、我らがこの地を大切に想《おも》うように、辺境伯もまたアンギラ全土の利害《こと》を考えておられるのだ。閣下のご判断は正しい」

「だけどよ――――」

タイメンは納得がいかないという不満顔で、さらに何かを言い募《つの》ろうとしたが、口を開く前にレナルドが会話に割り込んだ。

「ボレロ卿、ご子息のお言葉はもっともです。私自身としても、北方のためにナバルを見捨てるようなことはしたくありません。ですので、別の形で支援をさせてはいただけないでしょうか」

「別の形…………ですか？」

男爵の瞳に不審感と期待感の入り交じった光が宿る。

「はい。私にはアンギラ領内の各地に足を運んだ経験があり、食料に余剰を持つ町にいくつか心当たりがあります。その中で、兵站《へいたん》として徴発されづらいものをナバルに格安で卸してもらえないか、私から各地の代官に掛け合ってみましょう」

「それは……。もしそんなことが叶《かな》うのであれば、我らとしても望外の喜びですが……。どの町も戦争に備えて食料を溜《た》め込《こ》もうとするでしょう。商人ギルドの耳の早さであれば、近いうちに食料品の値上げも始まるはずです。難しい、のではないでしょうか？」

お前の言葉を信用できない。これは巧妙に仕掛けられた罠《わな》かもしれない。

そんな表情と言い回しだった。現時点では、やや疑念が上回っていそうだ。

「必ず、何とかしてみせます。今の私には、頭を下げて必死に頼むくらいしか手段がありませんが……。それでも！　命懸けで各地を回って、承諾してくれる代官を探し出します！　ですからどうか、私に時間をいただけないでしょうか！」

意を決したような声でそう言って、レナルドは再度頭を下げる。

両手を膝に乗せて、まるで祈りを捧《ささ》げるように。

彼の言葉や姿には、その決意を表すだけの十分な誠意が感じられた。

なるほど………。そういう道を選んだか。

最後のひと押しを終えたレナルドの背中を眺めつつ、黒須は一人納得していた。

聞くところによると、領主や兄弟たちは遠方への細かい用事、その一切合切を彼らに押し付けているらしい。

領内の細かな事情に見識を持つのは、たしかにレナルドの特性だ。

そして、その行いは言うなれば、領主が切り捨てた者を救う行為。

茨《いばら》の道になることは避けられない。いや、そうなる宿命、推して知るべしと言うべきか。

家中で不遇な状況にある者が、領主の意向に反した態度を取るのだ。無事で済もうはずがない。

しかし、主の姿を見つめる家来たちの顔には、隠しようもなく誇らしげな色が浮かんでいた。

………そうか、全て覚悟の上か。皆いい面魂《つらだましい》をしている。

公家《くげ》の家中は武家とはまた違った、伏魔殿のようなものだと聞いている。

これからも彼らへの風当たりは変わらないだろう。

多くの者から嗤《わら》われ、行く先々で莫迦《ばか》にされるだろう。

そんなどん詰まりに等しい現実の中、たとえ芥子粒《けしつぶ》ほどの望みだとしても――――

志《こころざし》を共にする仲間があれば、世に逆らって生きるのも辛《つら》くはあるまい。
男爵はレナルドの提案を受け入れ、ナバルの命運を託すことに同意した。

第十六話　お侍さん、変人扱いされる

詳細を話し合ったあと、代官邸で昼食を共にすることになった。

「島亀の影響で大したおもてなしはできませんが、近海で採れた自慢の魚介を取《と》り揃《そろ》えております。是非、ご賞味ください」

案内された部屋には趣向を凝らした料理が所狭しと並べられ、何とも言えない良い香りが充満していた。

一人一皿ずつではなく、大皿にでんと盛られた豪快さ。

人数よりもちょっと多めに盛ってあるのがまた見事。

些《いささ》か田舎《いなか》料理風であっても、一生懸命作っているという気持ちが伝わってくる。

実に美しい色とりどりで、まるで食卓に花が咲いているかのようだ。

「しっかし、驚いたぜクロス。まさかレナルド様の従者だったとはよー。冒険者は世を忍ぶ仮の姿ってヤツか？」

フォークの先をこちらへ向け、向かいの席からタイメンが話し掛けてくる。

レナルドの意向で、昼食には護衛も同席することになったのだ。

ピナだけは断固として断り、ボレロ家の使用人と一緒に給仕をしているが。

「いや、そもそも俺は従者ではない。護衛依頼を受けて同行しているだけだ。俺はEランクの冒険者だが、Cランクの傭兵《ようへい》もやっている」

指し箸ならぬ〝指しフォーク〟が若干不快だったものの、指摘は控える。

貴族らしからぬ行為には思えたが、この国でそれが不作法にあたるかどうかを知らないからだ。

「はぁ!? 掛け持ちかよ！ ってか、Cランクなら中位じゃねーか。傭兵《そっち》がメインなのか？」

「冒険者の方が本業だ。パーティーにも入っているからな」

「んじゃ何でEランクなんだよ？ あっ、どっかの傭兵団クビになって鞍替《くらが》えしたとか……？」

何やらいらぬ誤解を生みそうなので、黒須《くろす》は傭兵になった経緯を簡単に説明した。

「お前、思ったよりヤベー野郎だったんだな………」

まるで罪人でも見るような白い眼《め》つき。

自分から訊《き》いておいてこの言い草とは、甚《はなは》だ失礼な蜥蜴《とかげ》である。

「こちらこそ驚いたぞ。お前が貴族の息子だとはな。引っ越したいなどと言っていただ――」

「おいッ！ バッカ、声がデケーって！」

小魚の揚げ物をつまみながら何気なく話していると、タイメンは慌てた様子で両手をわたわたと動かした。続けて、レナルドと談笑中の男爵を盗み見てほっと胸を撫《な》で下《お》ろす。

「何だ？」

「いいからっ！」

猫が前脚でひっかくような手ぶりをするので、テーブル越しに、息がかかりそうなくらい顔を寄せる。

こちらの方が余程不自然だと思ったが、タイメンはその体勢のままボソボソと話し始めた。

「……親父《おやじ》にゃ言えねーが、田舎に住んでると都会に憧れるもんなんだよ。別に、ナバルが嫌ってワケじゃねーんだ。けどよ、オレは生まれてから一度もこの町を出たことがないんだぜ？　もう十年もすりゃ代官になって、あっちこっち自由に動けなくなる。そうなる前に一回くらい、他所《よそ》の街を見てみてーんだよ。………分かるか、この気持ち？」

「何となくは分かるが……。俺は生家を出てから十年ほど旅をしているからな。郷愁《きょうしゅう》——というような洒落《しゃれ》たものでもないが、故郷を想《おも》う気持ちの方が大きい」

旅暮らしの中、あえて故郷から遠ざかるように遠ざかるように移動していた。

少しでも懐かしい景色を眼にしてしまうと、張り詰めた心構えが緩んでしまいそうな気がして。

『黒須の勇名を天上天下に轟《とどろ》かせよ』

父上より賜《たまわ》った至上命題。

それ即《すなわ》ち、誰もが黒須の名を知り、畏《おそ》れ、〝手を出そうとも思えぬ世にせよ〟という意に他ならない。黒鬼という悪名ばかりが広まった現在、ある意味では目標を達しつつあると言えなくもないが、こんな生焼け状態ではきっとご満足いただけないだろう。

「お前ってヤツはつくづく変わった野郎だな。それこそさっさと帰りゃーいいだけだろ。だけど……羨ましいぜ。そーゆー生き方もよ」

言葉の終わりを呑《の》み込《こ》むように、タイメンはそれ以上何も言わなかった。

すっと身を引き、大人しく椅子に座り直す。

しかし、沈黙そのものが様々なことを雄弁に語っていた。

力のない笑みの中には、嫉妬や羨望ではなく、諦観《ていかん》の念が含まれているように見える。

レナルドとはまた別種。

運命を受け入れつつも、腹に一物を隠してじっと抑え込んでいるような表情だ。

「…………………」

その顔は、彼と似た境遇にある自身の長兄を黒須に想起させる。

いつも飄々《ひょうひょう》と軽薄に振る舞っていた兄上も、時たま、悲しげな眼で山頂から他領の景色を眺めておられた。

不満の言葉を聞いたことはない。

それでも、雲一つない夜には原っぱに腰を下ろして星を見上げていた。

何時間も。一言も喋《しゃべ》らずに。

「……そんなに言うなら、一度、アンギラに遊びにくればいい。俺の住んでいる家に泊めてやる」

「簡単に言うなって。親父が――……」

「クロス殿は宿暮らしではなく、家を借りて住んでおるのか？」

タイメンと二人こそこそと話していると、ラウルが会話に交ざってきた。

レナルドと男爵の談笑に加わる様子を横目で見ていたが、いかにも興味深げな表情で相手の話に耳を傾け、的確な相槌《あいづち》を打ち、大きく頷《うなず》き、神妙な顔をする。臣下としてあるべき姿だった。

「仲間たち四人と借家で暮らしている。目抜き通りからは遠いが、長閑《のどか》ないい場所だ。周辺は民家も少ないから、好きなように鍛錬もできる――――どうした？」

説明の途中で、ラウルの視線がこちらの口元を凝視していることに気が付く。

「………貴殿、今、何を口に入れた？」

仰天したかのように見開かれた双眸《そうぼう》に、妙な物でも食ってしまったかと皿を見るが、これといって特に変わった物はない。

「これだが……。食っては駄目だったか？」

黒須が示したのは刺身の盛り合わせ。

いかにも新鮮そうな魚や貝が、氷片を入れた鉢の中で贅沢《ぜいたく》に並んでいる。

「………それ、オレと親父用の料理だぞ。繁人族《レギオン》って生魚食えねーんだろ？」

「莫迦《ばか》なことを言うな。味付けもなしに食うのは初めてだが、俺とて刺身は好物だ。故郷では港町でしか食べられない料理として大人気だったぞ」

話しながら刺身をフォークで突き刺す。

透き通った綺麗《きれい》な白身。腹の辺りの、少し脂が乗っているところを口に放り込む。

柔らかくひんやりとした舌触り。厚めに切られた身は噛《か》み締めるほどに旨味《うまみ》が広がる。

鯛《たい》に似た淡白そうな見た目だが、似ても似つかぬ力強い味わいだ。

懐かしき薬味や調味料の味を思い出し、僅《わず》かに舌の根が疼《うず》く。

振る舞い料理に文句をつける気はないが、茗荷《みょうが》と辛子醤油《じょうゆ》か、生海苔と酢味噌《すみそ》を合わせれば、さらに味は昇華するだろう。

この国では塩と油が主な調味料なので、黒須も薄味を好むようになった。

だからこそ、ものの味を噛み締め、食に通じつつあるのかもしれない。

「旨い」

満足げに舌鼓を打つ男に、他の面々の反応は様々だった。

「うーわ、マジで食いやがった。なんだコイツ、人間じゃねーのか？」

「せ、先生…………!?」

「クロス殿、それ以上は止《や》めておかれよ。腹を壊してしまうぞ」

「じ、自分も試しに一切れ――――」

「よせ、オーリック！　死ぬ気か!?」

隣り合った者同士が、てんでバラバラに話し始める。

場の雰囲気に緊張して黙りこくっていた見習いたちまで騒ぎ出し、食卓は一時、ちょっとした混乱状態に陥った。

「生魚を食すのは我ら蜥蜴人《リザードマン》だけの風習と思っておりましたが……。いえ、お気に召したのなら、もっと持ってこさせましょう」

変人を見るような目線が少々癇《かん》に障ったが、気前のいい男爵に黒須は感謝の言葉を伝える。

「先生は胃袋までお強くいらっしゃるのですね…………」

「レナルド様、その〝先生〟とは？　彼は何者なのでしょうか」

訝《いぶか》しげな男爵に、レナルドは満面の笑みで応えた。

「クロス殿は護衛依頼を受けていただいた傭兵なのですが、私の人生観を変えてくれました。まだお会いしてから三日しか経《た》っていませんが、私が全幅《ぜんぷく》の信頼を置いている先生でもあるのですよ。ボレロ卿《きょう》」

「我ら騎士にも大変教訓になるお話を頂戴しましてな。空き時間には訓練もつけていただいております。私や見習いたちも、彼には心服しておる次第でして」

「左様ですか……。——おい、タイメン」

男爵は食器を静かに皿の上へ置き、頭の中で何かを計算するように数秒虚空を睨《にら》んだかと思うと、神妙な顔で息子の名を呼んだ。

「んー？　なんだよ、親父」

「構わんぞ」

「はぁ？　何がだよ？」

「先ほど言っていただろう。代官になる前に、他の街を見てみたいと。レナルド様や騎士の皆様がここまで仰《おっしゃ》るお方だ。クロス殿が預かってくださるのなら、私としても心配がない。一度、領都を見て知見を広げてこい」

その言葉に、タイメンは床を蹴るようにして椅子から立ち上がった。

「きっ、聞いてたのかよ！　いや、それよりホントにいいのかっ!?」

詰め寄るようにテーブルにバンッ！　と両手をつく。

その巨軀《きょく》の振動によって、艶《あで》やかに盛り付けられていた、いくつかの料理が倒壊した。

「フン、私がお前の考えに気が付いていないとでも思っていたのか？　お前がいつもギルドでくだを巻いているのは、他所から来る冒険者に他の街の話を聞くためだろう。どのみち、あの忌々しい亀がいる間は代官としての業務も少ない。帰ってからは仕事を学んでもらうが、これもいい機会だ。お前も若いうちに他所の土地で揉《も》まれてくるといい」

「マジかよ!?　やったぜ、クロス！　オレもアンギラに連れてってくれ!!」

男爵からの許しを得て、タイメンは興奮を抑えきれないように尻尾《しっぽ》をブンブン振り回した。

どうやら蜥蜴人の尻尾には狗《いぬ》と同じで、感情が表れるようだ。

「……代官殿。何処《どこ》の馬の骨とも知れん冒険者や傭兵などに、大事な跡継ぎを預けて、本当にいいのか？　俺たちは迷宮にも潜る。常に命の危険が伴うぞ」

余計なことを言うなという顔のタイメンを放置し、黒須は脅しに近い警告を発する。

一家一門の徒にとって、跡継ぎは当主の次に死守すべき者。

兄上がそうであったように、好むと好まざるとに拘《かかわ》らず、その行動は大きく制限を受けるものだ。

「クロス殿、私も愚息も根っからの海男です。ナバルの海は我々に多くの恩恵を与えてくれますが、決して人に優しくはない。船乗りにとって、危険は日常茶飯事なのですよ。中でも遠洋漁業は命懸けの船旅に近く、冷静さを欠いた者から命を落とします。私は息子に、何があっても動じない強い男になってほしい。どうか、よろしくお願いします」

その眼差《まなざ》しには、ひとかたならぬ決意が漲《みなぎ》っていた。

思い付きの判断と考えたこちらが愚かだったらしい。

「代官殿がそう言われるのならば、俺も、責任を持ってタイメンの命をお預かりしよう。必ず、生かして帰すとお約束する」

こうして、帰路の旅路に仲間が一人加わった。

第十七話　お侍さん、大蜥蜴《おおとかげ》に呆《あき》れる

「なぁぁぁんでだよぉぉぉぉおお――――っ!!」

アンギラへの帰路。一騎の騎馬が、隊列を離れて明後日《あさって》の方向へ爆走していく。

馬は尾と鬣《たてがみ》を長く風に靡《なび》かせながら、蹄《ひづめ》に火花を散らして元来た道へとまっしぐらに狂奔《きょうほん》した。

「タ、タイメン様っ!!」

「オーリック、もう放っておけ。あの阿呆《あほう》には身体《からだ》で覚えさせた方が早い」

追い掛けようとした見習いを制止し、黒須《くろす》は呆れ顔で豆粒ほどの大きさになりつつある馬の姿を見送った。

◆　◆　◆

「だからその馬は止《や》めておけと言っただろう。訓練も受けておらん暴れ馬など、未熟者に御《ぎょ》せるものか」

ナバルを発《た》つに当たり、巨漢のタイメンを誰かと同乗させるわけにもいかず、彼はボレロ家の所有する馬から一頭を選ぶ必要があった。

乗馬には不慣れだと言うので、黒須も選別に立ち会っていたのだが、タイメンはこちらの助言に一切耳を貸さず、何故《なぜ》か白馬に拘《こだわ》るという独自の感性で駄馬《だば》を選んでしまったのだ。

「アルチェちゃんを悪く言うんじゃねーよ！　この娘《こ》は自分のお家《うち》に帰りたがってるだけだろ！　寂《さみ》しがり屋《や》さんなんだよ！」

「「「…………」」」

名前まで付けて溺愛しているが、白馬が立派な雄馬《おすうま》であることに気が付いていないのは本人だけだ。レナルドでさえ、その名を聞いた瞬間に馬の股ぐらを二度見していた。

「タイメン様……。無礼を承知で申し上げれば、それは騎馬として致命的な欠点であります」

「違《ちげ》えって！　今はまだ恥ずかしがってるだけだ！　オレが主人に相応《ふさわ》しいって認められれば、絶対、本気出してくれるはずなんだよ！」

今日出逢《であ》ったばかりの馬相手に、一体何を抜かしているのか、この蜥蜴は――

〝馬は人を見る〟という言葉があるが、そんなものは戯言《まやかし》だ。

人が外見から馬の性格を読めないように、馬も人の善《よ》し悪《あ》しなど判断してはいない。

馬術とは、馬に乗り手の指示を的確に伝え、馬の心を正確に感じ取る意思疎通の術《すべ》を指す。

生き物である以上、自由気ままに行動するのは自然の摂理。

勝手をしようとする馬の挙動の出鼻を見抜き、手綱《たづな》捌《さば》きでこちらの意思を正しく理解させてやらねば、常歩《なみあし》すらもできはしない。

一朝一夕で身につけられるような技術ではなく、それ故《ゆえ》、人も馬も日々訓練に励むのだ。

「だからよ、オレのこの愛が！　情熱が伝わりさえすりゃ、アルチェちゃんは誰にも負けねー超名馬に――――!!」

鬢出《びんだ》しに似た毛櫛《けぐし》で、雄馬の鬣を不器用に梳《す》きながら熱弁を振るう大蜥蜴を、一行は哀れみを含む眼《め》で眺めていた。

「……この男、粗野に見えて案外箱入りなのか？」

「……先生。いくら貴族の息子でも、乗馬くらいは習いますよ」

「……単に甘やかされて育ったのやもしれませんぞ。男爵はタイメン殿をいたく可愛《かわい》がっておられるご様子でしたからな」

頓珍漢《とんちんかん》な講釈に石ころのような無表情で相槌《あいづち》を打つ見習いを余所《よそ》に、三人はコソコソと膝を突き合わせる。

男爵はレナルドの見送りというお題目でナバルの門まで同行していたが、その眼は最初から最後まで息子に固定されていた。

ああいう様子を〝猫可愛がり〟と呼ぶのだろうか。やれ忘れ物はないか、やれ身体には気を付けろと、会談中の覇気は何処《どこ》へやら、心配の権化《ごんげ》と成り果てていたのだ。

「僕からすれば、あのような関係は非常に羨ましいものがありますけどね」

「そうか……？　俺も父上を御尊敬申し上げているが、あれを羨ましいとは思えんな」

父は、黒須の旅立ちの日に顔さえ見せなかった。

それは決して自分を軽視しているのではなく、すでに教えることは教え、伝えることは伝えたという信頼の意思表示。もし父上が男爵のような真似《まね》をすれば、黒須家は当主の乱心騒ぎで大混乱に陥る羽目になっただろう。

「さて、前回の野営地までもうひと踏ん張りです。そろそろ出発――」

「隊長！　前方から何か来ます!!」

ラウルが馬に手をかけ、行軍再開を告げようとした矢先。アクセルの大声がそれを遮った。

指差す方向に眼を細めて見ると、荒野の果てにもうもうと土煙が上がっている。

かなりの距離があるが……たしかに、こちらを目指して移動してきているようだ。

「何だあれは？」

「ま、魔物の群れ、でしょうか？」

オーリックは小鼻のところまでずり落ちていた眼鏡《めがね》を直しつつ、息を凝らすようにじっと見る。

遠目で、しかも日差しが強く、陽炎《かげろう》が立ち上っている燎原《りょうげん》。

はっきりと視認できないものの、黒い体毛と赤ら顔、天狗《てんぐ》のような長い鼻があるのは分かる。

それぞれは柴犬《しばいぬ》くらいの大きさだが、二十頭近くの数が固まって走っているために、まるで黒雲の波が地を這《は》って押し寄せてくるように見えた。

「ありゃー狂猿《ボウン・バウン》だな。単体じゃFランクの雑魚《ざこ》だが、群れの規模によっちゃー最大でCランクにまでなる群生魔物だ。一度狙った獲物は死ぬまで追うっていう、面倒《めんど》くせー習性のお猿さんだぜ」

「あ、あれはどう見ても、我らに目を付けておりますね……」

ナバルのギルドでも思ったが、意外とタイメンは博識である。パーティーに属さず活動していたという理由からか、あるいは、冒険者としての生き様に思う処《ところ》でもあるのか。

いずれにせよ、ただの世間知らずでもないらしい。

「隊長、いかがいたしましょう？」

「……進行方向から向かってくる以上は、撃退するしかあるまいな。レナルド様はピナを連れて馬車へお入りください」

「分かった。みんな、気を付けてね！」

「アクセルとオーリックは馬車を死守せよ。なるべくそちらには近寄らせんようにするが、もし敵を相手にする場合は、二人で連携して戦うように」

「「はっ!!」」

ラウルは数秒眉根を寄せて考え込んだが、すぐにテキパキと指示を出し始めた。

特訓の成果が僅《わず》かにでも出ているのか、もう長考とは呼べない判断の早さ。

順調かどうかはともかくとして、少なくとも、着実に前には進んでいるようだ。

「タイメン殿は私と共に、前衛を頼めるだろうか？」

「おうッ！　任せてくれよ！　接近戦は大好物だぜ！」

「クロス殿……数を減らしてきてくれるか？」

ラウルは片眉を上げてニヤリと笑った。

意味ありげなその顔に、自分に求められている役割を察する。

「承知した。では、行ってくる」

下馬した四人をその場に残し、黒須は群れに向かって猛然と馬を駆けさせる。

せっかく馬がいるのだ。

相手の到着を待ってから歩射でチマチマと数を削るより、突進騎射で仕留めた方が手っ取り早い。

猿どももこちらの存在を認識したのか、より一層勢いを速めた。

互いに糸で引き合うように、ぐんぐん距離が縮まってゆく。

〝追物射《おものい》〟

自身の得意とする射程に敵が入ったことを確認し、前方に向けて連射する。

矢は乾いた響きを立てて空気を裂き、獲物に命中するたびに毬《まり》を叩《たた》くような音が鳴った。

三頭が糸を切られたようにぐにゃりと転倒し、後続を何頭か巻き込む。

〝横射《よこうち》〟

下肢《かし》で馬を操り、群れの真横を通過しながら矢を放つ。

完全にすれ違うまでに二頭が事切れる。

〝馬静止射《ばせいししゃ》〟

集団が反転に手こずっている間に、馬を停《と》めて鐙《あぶみ》に立ち、さらに三頭を立て続けに射殺す。

〝押捩《おしもじり》〟

敵の矛先がこちらに向いたため、馬を走らせ、振り返りながら後方を射る。

「よし」

群れが、馬車に向かうものと黒須を追うものに分断された。

それぞれ六頭ほどの数だ。あちらは任せてしまっても大丈夫だろう。

「……童《わっぱ》の頃を思い出すな」

蜘蛛《くも》の子を散らすように逃げ回る猿どもの姿に、若き日の懐かしい記憶が想起される。

馬上弓術の稽古は騎射三物《きしゃみつもの》と呼ばれ、笠懸《かさがけ》・流鏑馬《やぶさめ》・犬追物《いぬおうもの》の三種に別れる。

いずれも実戦を想定した訓練であるが、黒須は特に、犬追物が好きだった。

個の武勇を尊ぶ武士の鍛錬は、個人技に時を費やすことが多い中、犬追物は動く的を連携して追う訓練のため、兄上たちとも協力しながら犬を追い回すのだ。

的犬《まといぬ》を殺してしまわぬよう、刃のない神頭矢《じんとうや》や犬射蟇目《いぬいひきめ》を使用するが、当然、ただ掠《かす》るだけでは有効射とは看做《みな》されない。検見《けみ》や喚次《よばわり》から『お見事！』の声が上がるたび、膝小僧を叩いて笑顔で喜び合い、外せば年相応に空を仰いで唇を嚙《か》んだものだ。

記憶を手繰《たぐ》る必要もない。あの時の兄上たちの楽しげな声は、つい今しがた聞いたかのように、しっかりと耳の奥に残っている。

兄弟仲良く遊ぶことなど許されない身の上であったため、世間のしがらみを忘れてただただ熱中することのできるあの稽古は、黒須にとって貴重で、大切な時間だった。

懐かしき思い出を牛のように反芻《はんすう》しつつ、縦横無尽に翻弄しながら次々と敵を片付ける。

相手の脚は騎馬の速度に全く及ばず、殲滅《せんめつ》に大した苦労は必要なかった。

調子に乗って少々馬車から離れすぎたため、矢の回収は後回しにして、急ぎ、来た道を戻る。

苦戦してるようなら、加勢に入るつもりでいたのだが――……

「だはははは ッ!!」

そこには、群れの中心で鬼神の如く大暴れするタイメンの姿があった。

剛腕に物を言わせて殴り飛ばし、頭を鷲摑《わしづか》みにしては握り潰している。猿どもも必死になって爪や牙で応戦しているが、強固な鱗《うろこ》は易々《やすやす》とその攻撃を無効化しているようだ。

「これで仕舞《しま》いだオラァ!」

最後の一頭の首を捕まえ、遠投でもするかのように背中から地面に叩きつける。

哀れ、猿は内部から弾《はじ》けたようにバラバラに四散した。

術理の匂いは微塵《みじん》も感じない動きだが、思わず眼を瞠《みは》るほどの凄《すさ》まじい迫力。

その外見も相まって、まるで野獣の格闘だ。

「…………………」

ラウルと見習いたちもそれぞれ一頭を相手に奮戦しているが、この分なら助太刀《すけだち》も必要あるまい。

そう判断した黒須は馬を降り、血塗《ちまみ》れの蜥蜴に歩み寄った。

「お前、その得物は飾りなのか?」

タイメンは、目算でおよそ四貫《十五キロ》はありそうな巨大な戦斧《せんぷ》を背負っている。

常人には持ち上げることすら叶《かな》わないだろう代物だ。

「こりゃ大物用の武器だっての! 海の魔物はデッケー奴《やつ》ばっかだかんな。こんな雑魚なら素手の方がはえーよ!」

グッと左腕に力こぶを作り、右手でそれをぺちぺちと叩く。

その得意満面な様子に何となく腹が立ち、言いそびれていたことを伝えることにした。

「ところで、愛馬が何処かへ逃げていったぞ」

「アルチェちゃぁぁぁぁぁん!!」

黒須はドタドタと情けない姿で走り去る大蜥蜴を尻目に、他の面々の無事を確認しに向かう。

「ラウル殿、大事ないか？」

「…………………」

「ラウル殿？」

「……ん？　おぉ、すまぬ。こちらは問題ない」

何やら掌《てのひら》を開いたり閉じたりしながら茫然《ぼうぜん》としていたが――――

やはり、実戦はまだ早かったか？

難しげな顔で黙り込んでしまったラウルの心中を案じつつ、黒須は見習いたちの待つ馬車へと足を向けた。

第十八話　冒険者さん、内緒にする

「おい、いい加減諦めようぜ」

「次！　次で最後にするからさ！」

アンギラの北区。

いわゆる貧民街と呼ばれるエリアで、フランツは仲間たちに手を合わせて頭を下げていた。

「もうクタクタですぅ………」

「ほれ、店まであと少しじゃ。気張らんかい」

文句を言われつつ街を歩き回っている理由。それは、他ならぬ治癒の水薬《ポーション》のためだった。

特段珍しいものではなく、むしろ、雑貨屋ならどこでも買えるような市販品。

だからこそ、迷宮探索の準備では一番後回しにしていたのだが――……

いざ探し始めると、どこもかしこも品切ればかりだったのだ。

アテにしていたトトの店でも取り寄せになると言われてしまい、こんな非合法な匂いの漂う、乗合馬車すら走っていない場所にまで、足を延ばす羽目になってしまった。

「念のために聞くけど………。無許可でやってるような店じゃないんだよね？」

「当たり前じゃ、馬鹿もん」

バルトはパメラの背中を押しながら、ふんと不満げに鼻を鳴らす。

北区にある店を紹介してくれたのは彼だった。

アンギラに来たばかりの頃はこの辺りに宿を借りていたそうで、昔はよく通っていた店らしい。

経営者は代替わりしたが、今も交流だけは続いており、腕は確かとのことだ。

それでも街の雰囲気そのものが怪しいため、不安で、落ち着かない気分を掻《か》き立てられる。

もし違法な薬物でも売っていたらどうしよう……と、フランツは妄想に近い恐れを抱きながら、不気味な通りを歩き続けた。


目的の店は大通りから外れた、下品な看板が並ぶ裏路地の一角にあった。

窓と入り口に鉄格子がはめられているところからして、やっぱり治安はよくなさそうだ。

慣れた様子で中へ入っていくバルトに続いて入店すると、植物を煮詰めたような臭いが鼻につく。

小ぢんまりとした店内。正面のカウンターの奥が厨房《ちゅうぼう》のようになっており、大鍋がいくつか火にかけられているのが見える。換気が不十分なのか、湿気と熱気で、じとじと感がすごい。

「エリオ、おるかー？」

「はぁーい……」

バルトの呼びかけに、力の籠《こ》もらない声が返ってくる。

「ああ、バルトさん。どうされました？」

「……………随分くたびれておるのう。最近は忙しいのか？」

店の奥からふらふらと登場した青年は、初対面でも分かるくらい、憔悴《しょうすい》しきった顔をしていた。

肌は荒れ、目が落ちくぼみ、髪はボサボサ。どう見ても尋常でない様子に、ぐっと不安が増す。

「いえね。なんだか知らないですけど、先週から薬師ギルドに水薬の増産依頼が殺到してるみたいでして。早く作れって、いろんな所から尻を蹴られまくってるんですよ。どっかで戦争でも始まるんですかね？」

その冗談とも本気ともつかない言い方に、フランツの心臓がドキリと跳ねる。

悩みに悩んだものの、戦争の件は仲間たちにも伝えていない。

幸いにして……というと該当地域の住民に申し訳ないが、皆の地元は戦地から遠い場所にある。

この秘密は、自分だけの胸の内にしっかりと留《とど》めておこうと、そう決めていた。

「縁起でもないことを言うもんじゃないわい」

「ハハハ……。そりゃ疑いたくもなりますって。今日でもう四徹目ですよ？　自分で作った水薬を飲みながら水薬を作るって、ワケ分かんない状況ですし」

「倒れんよう、ほどほどにの……。ところで、治癒の水薬はあるか？」

「そっちに何本か残ってたと思いますよ」

巨大な杓子《おたま》らしきもので示された方向に目をやると、薄く埃《ほこり》のかぶった小棚があった。

ガラス瓶がたくさん並べられているが――どれも曇っていて、肝心の中身が分からない。

「……手分けして探すしかねえな。こりゃ」

「……だね」

袖でごしごしと擦《こす》って、調べることしばらく。

赤・青・黄と、色とりどりの液体が入った瓶が数十本並んだが、目的の緑色、治癒の水薬はそのうちたったの二本だけだった。

「すみませんね、どうも。掃除なんかさせちゃって。うっかりしてましたけど、ちょうど今煮てる分が治癒の水薬なんで、お礼に融通させてもらいますよ。明日また出直してもらえます？」

「「「………………」」」

手にしたガラス瓶を床に叩《たた》きつけたい衝動に駆られる。

これを逃すと他に入手できそうな伝手《つて》もないため、フランツたちは歯を食いしばって、精一杯に我慢した。


「たかだか水薬ごときに、ここまで手間取るとはの」

「何であんだけ必死こいて作ってんのに品薄なんだよ」

「どこかのお金持ちが買い占めちゃったんですかねぇ」

「………そうかもね」

拠点に戻った一行は、リビングのソファーでだらけ切っていた。

朝から歩きっぱなしだったので、もう足の筋肉がカチンコチンだ。

夕飯を作るのも面倒くさいな――――なんて考えていると。

「……なあ、この辺に馬なんかいたか？」

「今の、やっぱりそうですよね？」

外から馬の嘶《いなな》くような声が聞こえた。

続いて、馬車が走るような音も聞こえてくる。

「珍しいね。こんな僻地《へきち》に馬車なんて」

「なんぞあったのかもしれんな」

もし火事でも起きていたら大変だ。

異変を感じ、フランツたちは重い体に鞭打《むちう》って外へ確認に向かうことにした。

第十九話　お侍さん、驚かせる

タイメンという新戦力が加わったことで、ナバルからの帰路は往路よりも遥《はる》かに順調だった。

帰宅時間の予定を、大幅に前倒しできるくらいに。

「はじめまして！　アンギラ辺境伯家の第三子、レナルド・アンギラです！」

「ボレロ男爵家の長男で、Eランク冒険者のタイメン・ボレロだ！　よろしくなー！」

「レナルド様に仕える騎士、ラウル・バレステロスである！」

「騎士見習いのアクセルであります！」

「同じく、オーリックであります！」

「「「「…………」」」」

フランツたちは揃《そろ》いも揃って、大口を開けた間抜け面で硬直している。

……やはり、連れてきたのは拙《まず》かったか？

本来、南門に到着した時点で彼らとは解散するはずだった。しかし、レナルドが仲間たちに一目逢《あ》いたいと駄々《だだ》を捏《こ》ねたので、黒須《くろす》は仕方なく拠点まで案内してきたのだ。

馬の足音を聞きつけた仲間たちが玄関から顔を出し、今、この状況である。

こうなるかもと少し予想はしていたものの、正直、南門から乗合馬車に揺られて帰るのも面倒で、風呂にも早く入りたかった。

ナバルの宿は黒須の嫌いな蒸し風呂であった上に、女中どもが湯女《ゆな》のように乱入してきて怒鳴り散らす羽目になったため、ちっとも寛《くつろ》ぐことができなかったのだ。

貴族相手なら風呂の世話も気遣いになろうが、武士の入浴に無許可で立ち入るとは、高級宿が聞いて呆《あき》れる無作法である。

一刻も早く、慣れ親しんだ風呂桶《ふろおけ》に辿《たど》り着《つ》きたいと考えるのも、やむを得ない選択だったと言えるだろう――――

などと、無言のマウリとパメラに離れた場所へグイグイと連行されながら、黒須は脳内でそんな自己弁護を繰り広げていた。

「おォオい!!　なに連れて帰ってきてんだよ!?　貴族だろアレ!?　送れよ！　城に！」

「なんで行きより人数が増えてるんです!?　あの蜥蜴人《リザードマン》はどこで拾ってきたんですか！」

五日ぶりの再会だというのに〝おかえり〟の一言すらなく、畳み掛けるように非難の言葉が浴びせかけられる。

「奴《やつ》らがどうしてもお前たちに逢いたいと言って聞かなかったのだ。タイメンはナバルで拾った。家に住まわせたい」

「貴族なんぞを捨て犬のように拾ってくるでないわ!!　何がどうなればそんな状況になるんじゃ！　どうする、フランツ。貴族だらけじゃぞ」

「とつ、とりあえず……。とりあえずご挨拶しないと――――……」

フランツはガチガチに緊張しながらレナルドたちに向かい合い、絞り出すような声で挨拶をした。

「お、お初にお目に掛かります。Eランクパーティー〝荒野の守人〟のリーダー、フ、フランツと申します。その、本日は、どのようなご用向きで…………？」

「突然の訪問、失礼いたします。クロス先生のお仲間の皆様にご挨拶がしたくて、無理を言って押しかけてしまいました。貴方《あなた》が先生のリーダーなのですね！　お会いできて光栄です！」

「クロス、先生？」

フランツはギギギと音がしそうな動きで振り向いた。

他の仲間たちも眉を顰《ひそ》め、疑いの眼《め》でこちらを見ている。

「誤解だ。今回は本当に何もしていないぞ」

「と、とにかく。立ち話もなんですので、まずは中へお入りください。汚いところですが、お茶でもお淹《い》れいたします」

フランツは一行を拠点の中へ案内し、居間のソファーを勧めた。

机の上に広げられた迷宮の地図や、開けっ放しの窓、飲みかけの酒、誰のか分からない洗濯物。愛想を振り撒《ま》きながらさりげなくそれらを片付け、見えない場所に次から次へと放り投げる。

そして、来客全員が腰を下ろすには居場所が足りないことに気が付くと、真っ青な顔で階段を駆け上がっていく。

二階の物置部屋に椅子を取りに向かったのだろうが、実戦でさえ見せたことのないような素早い動作だった。

「お、おい……。貴族に出せるような茶なんかねえぞ。どうすんだ、いつものでいいのか？」

「フランツがお茶でも淹れると言ってしまった手前、出すしかなかろうよ……。水よりマシじゃ」

「あの、私はメイドのピナと申します。よろしければ、こちらの茶葉をお使いください。私もお手伝いいたします」

逃げるように台所へ向かおうとしたマウリとバルトには、ピナがついていった。

「お前たち、こちらがパメラ嬢だ」

「おお、貴女《あなた》が！　魔術師でありながら近接戦闘もこなされると先生から伺いました！」

「な、何でも豚鬼《オーク》と互角に戦われるとか！　是非、お話をお聞きしたいです！」

「えぇ!?　い、いえっ、私は、その――」

パメラは騎士たちに囲まれてあわあわしている。

「クロス、お前らスゲーとこに住んでんだな。オレんちよりデケーんじゃねーか？」

「きっと優秀なパーティーなのでしょうね。名のある冒険者は、貴族以上に稼ぐと聞いたことがあります」

「いや、この家はだな――」

修繕した廃墟《はいきょ》を安い家賃で借りていることを説明する。

一見立派に見えるこの屋敷は、その実、黒須が暮らし始めてからも幾度となく手直しが加えられていた。

壁の亀裂《ヒビ》程度であれば、バルトが魔術でもって即座に修繕《なお》してくれるのだが、問題は屋根だ。

とにかく雨漏りが酷《ひど》く、水滴に襲われたパメラが悲鳴を上げるたびに『またか』という気分になる。

机や床をよく観察すれば、天井からの雨垂れが丸い染みを残していることが分かるだろう。

各々《おのおの》が話をしているうちに席の準備が終わり、テーブルには人数分の紅茶が並べられた。

穏やかな雰囲気のレナルドたちに多少は緊張が解《ほぐ》れたのか、フランツが口火を切る。

「レナルド様。道中、クロスがご迷惑をお掛けしませんでしたか？」

「迷惑だなんて、とんでもありません！　先生に依頼を受けていただいてよかったと、心からそう思っています。もしまた機会があれば、次も必ず指名させていただきますよ」

「そうですか……。それはよかったです。ええ、本当に」

フランツは心底安堵《あんど》したという風に胸を撫《な》で下《お》ろした。

出立の朝に心配無用と言ったはずなのだが――……

この心配性はもう少し、どうにかならないものだろうか。

「それで、その〝先生〟というのは一体？」

嬉《うれ》しそうな口調で話して聞かせるレナルドとは裏腹に、説明が進むにつれて仲間たちの顔が曇る。

「お貴族様にお説教を……。こ、これはギリギリセーフですかね？」

「本当にギリッギリじゃがな。レナルド様が気にしておられんのなら、まぁ、よしとしようぞ」

「怒って暴れたりはしませんでしたか？」

その質問に、レナルドとラウルは眼を見合わせて数秒黙った。

どう答えたものかと、相談でもするかのように。

「えーっと、たしかに一度は剣を向けられましたが………」

「騎士として恥ずかしい限りですが、血塗《ちまみ》れでにじり寄ってくるクロス殿には戦慄しましたな。本気で殺されるかと思いましたぞ」

二人が余計なことを言った途端、仲間たちが泡を食ったようにいきり立つ。

「クロスゥゥ!! テメーさっき、今回はなんもしてねえっつってたよな!? 何やってんだ大馬鹿野郎ッ!」

「あれだけ我慢するよう言い聞かせたじゃろうが! 相手は領主様のご子息じゃぞ!?」

「お前ってやっぱヤベー奴だわ……。高位貴族に手ぇ出したなんてバレたら、処刑されても文句は言えねーぞ」

「ち、違う。あれは野盗どもを斬った直後で、たまたま剣を持っていただけだ。たしかに少し腹は立てていたが、彼らに向けていたわけではない」

傭兵《ようへい》ギルドの時と同じで、そこへ至る経緯は別にして、結果としては全員無傷。

約束を破ったつもりは毛頭ない。

それなのに、まさかここまで怒られるとは思わなかった。

「レナルド様、ラウル様! どうかお許しくださいっ!! 彼は外国からやって来たばかりで、まだこの国の常識を知らないんですっ!!」

フランツは椅子から立ち上がり、思い切り頭を下げた。

その顔色は死人のように血の気を失っている。

「おやめください、フランツ殿。ご心配には及びませんよ。罪に問う気はさらさらありません。あれは、僕らが勘違いをさせてしまったようなものですから」

「その通りですな。それに、今となってはクロス殿の考え……武士道という精神も理解できました。我らの行動は、彼に侮辱と捉えられてもおかしくはなかったでしょう」

無事に、と言っていいかどうかは分からないが、嫌疑も晴れ、そこからは和気藹々《わきあいあい》とした世間話が始まった。

レナルドがナバルの様子や旅路の出来事を語れば、フランツは迷宮探索や普段の冒険者生活について話す。

バルトとマウリは貴族とは眼を合わせようとしないものの、冒険者に興味津々な見習いたちに気をよくしたらしく、躍動感たっぷりに鬼熊《マーダーベア》との死闘を演じている。

黒須は特にすることもないので、中座して風呂へ向かいたかったが、隣に座っている人見知りに着物を摑《つか》まれていて逃げられず、仕方なく茶飲み話に付き合った。

◆◆◆

ひとしきり会話を楽しみ、そろそろ解散しようかという空気が漂い始めた頃。

突然ラウルが席を離れ、黒須の前に立ち塞がった。

「クロス殿。最後に一手、手合わせ願えるであろうか」

「構わんが……。ラウル殿、もしや――」

壮年の顔に喜色が表れる。

嬉しくてたまらない、悪戯《いたずら》小僧のような笑みだ。

「帰路で魔物と戦って確信した。どうやら、体の感覚が戻ったようである」

第二十話　お侍さん、騎士と戦う

「すごいじゃないか、ラウル！　本当によかった！」

「隊長！　おめでとうございます！」

「じ、地獄の特訓の甲斐《かい》がありましたね！」

歓喜が弾《はじ》け、レナルドたちは誰彼ともなく抱き合わんばかりに沸き上がった。

事情を知らぬタイメンと仲間たちはポカンとしているが、黒須《くろす》も思わずラウルの肩を叩《たた》いて祝福する。

「やったな、ラウル殿」

「全ては貴殿の力添えのおかげである。クロス殿…………」

ありがとうと小さな声で呟《つぶや》き、ラウルは感極まった表情を隠すように顔を背けた。

「礼を言うにはまだ早いだろう。早速、腕を見せてくれ」

◆　◆　◆

外の空き地で二人は向かい合う。

黒須は剣、ラウルは槍《やり》。どちらの手にあるのも訓練用ではない、本身の真剣だ。

「……………なるほど、纏《まと》う空気が変わったな。以前よりも強い覇気を感じる」

眼付《めつ》き、表情、構え――――肩の力はほどよく抜け、背筋がピンと伸びたいい立ち姿だ。

こちらの心臓に向けられている槍も、無機質な気魄《きはく》に溢《あふ》れ、まるで鉄砲を突きつけられているような感覚に産毛が逆立つ。

皮膚がヒリつくような心地のいい殺意。久々の尋常な立ち合いに胸が高鳴る。

「雰囲気だけではないとご覧に入れよう。……いざッ!!」

〝一騎驀進《いっきばくしん》〟

ラウルは甲冑《かっちゅう》の重さを感じさせない突進で間合いを詰めると、凄《すさ》まじい速度の突きを連続で繰り出した。

迅速《はや》い――――が、ネネットには到底及ばんな。

突き出される刃《やいば》に刻まれた紋様まで、はっきりと視認することができる。

たしかに以前に比べると敏捷《びんしょう》な動きではあるものの、驚嘆《きょうたん》に値するほどではない。

傭兵《ようへい》ギルドで戦った、名は忘れたが、あの時の槍士《そうし》といい勝負といったところだろう。

「……………………」

するりするりと脚捌《さば》きで槍を躱《かわ》しつつ、どう攻めようかと思案する。

ラウルの持つ十文字槍の全長は目算で二間《三百六十センチ》、こちらより三歩半は間合いが遠い。

……突きをかち上げてから懐に飛び込むか。

槍の利点は間合いの広さだが、裏を返せば、接近するだけでその優位性は失われる。

ラウルたち騎士は格闘術を嫌うため、蹴撃を警戒する必要もない。

胸を狙った刺突をギリギリまで引き付け、下段から剣を斬り上げ右脚を一歩踏み込んだ、その瞬間――槍先が、大きくブレた。

「――ッッ!?」

太刀筋《たちすじ》が外れて手首を斬られそうになり、咄嗟《とっさ》に後ろへ大きく飛《と》び退《の》く。

「…………莫迦《ばか》な」

何だ、今の突きは。

驚愕《きょうがく》する黒須を余所《よそ》に、兜《かぶと》の奥から覗《のぞ》く双眸《そうぼう》がギラリと光る。

「まだまだッ！　こんなものではないぞ!!」

ラウルは槍を手元に引き寄せ、前傾姿勢で構え直す――と見せかけ、いきなり急加速。

十文字槍の一閃《いっせん》が、頭から一寸と離れぬ空間を掠《かす》め通った。

髪の一部が切り落とされ、はらりと宙に舞う。

黒須が反応して避けたのではなく、たまたま、当たらなかっただけだ。

ラウルは外したと見るや、即座に槍を引いて再び突く。狙われたのはまたしても剣を握る右腕。

くるりと半回転してどうにか回避したものの、羽織の袖を大きく引き裂かれた。

絶え間ない攻撃。もう隠す意味もないと言わんばかりに、得体の知れない刺突が連発される。

豹変《ひょうへん》、いや、変身とでも言おうか。

踏み込みも、突きも。速力が先ほどまでの比ではなく、動きもまるで読むことができない。

槍の両端を使い始めたため、手数が倍に増えたようにさえ感じる。

一切脚を止めず、前進しながらの猛攻。反撃の隙も全く見当たらない。

これは……止められんな。

ラウルが槍を突き出すたび、濡《ぬ》れた手拭いを振り回すような轟音《ごうおん》が辺りに響く。

紙一重で躱し続けるも、螺旋《らせん》を描くように揺れる穂先の軌道は、並外れた動体視力を持つ黒須の眼力《がんりき》を以《もっ》てしても捉え切れず、防戦一方、追われるがまま後退を続ける。

「クロスが、押されてる!?」

「なんだありゃ……。バケモンじゃねーか。狂猿《ポウン・パウン》の時は手ぇ抜いてやがったのかよ」

「あの槍の動き、魔術か？」

「いいえ。ラウルは何年も前に魔力を失った、はずなのですが…………」

謎めいた刺突は、風車《かざぐるま》の如く猛回転する十文字槍の攻撃範囲と相まって、実に凶悪な追い打ちとなっている。安易に受け太刀でもすれば、腕など簡単に千切り飛ばされるに違いない。

しかし――――

少々驚かされはしたものの、何度も観察するうちに絡繰《からく》りには気が付いた。

「早槍《くだやり》か」

数多《あまた》ある柄物《つかもの》の中でも、最も厄介な部類に入る武器。

柄の持ち手に筒状の管《くだ》を通して握り、通常の槍で起こる掌《てのひら》との摩擦や引っ掛かりを極限まで減らすことで、爆発的な速度と面的な軌道を生む、変幻自在の槍である。

己の実力以上にその能力を引き出すとして、一部の武芸者からは反則扱いすらされている希少な代物。まさか異国の地で遭遇することになるとは、夢にも思わなかった。

ラウルの槍には管などついていないため、恐らく、仕掛けがあるのは篭手《こて》の方だ。

弓を射ることを想定して指を露出させている黒須と違い、ラウルの篭手は手袋状に五指を鈑金《ばんきん》で覆っている。一見すると分からないが、手袋の内側に鉄板を仕込み、それが管と同様の役割を果たしているのだろう。

「む、この技をご存知《ぞんじ》か。私が独自に編み出した槍術《そうじゅつ》と思っていたのだが……。お恥ずかしい限りである」

バツが悪そうに構えを解いたラウルに対し、黒須は些《いささ》か呆気《あっけ》に取られた。

この男――……我流でここまでの技を会得したのか？

武技とはつまり、幾千幾万の研鑽《けんさん》の蓄積だ。

子々孫々、あらゆる技が生まれては消え、より実戦的なものだけが型として残る。

そうやって何世代にもわたって試行錯誤が繰り返され、永い年月をかけて研ぎ澄まされていくもの。単身で一つの技術を確立するなど、傑出《けっしゅつ》した才覚と血を吐くほどの努力が必要なはず。

「……ラウル殿、非礼を詫《わ》びよう。どうやら俺は、其許《そこもと》を甘く見積もっていたようだ。ここからは、殺すつもりで征《い》かせてもらう」

「貴殿の本気を引き出せたのなら、私はそれを誇りに思おう。では、仕切り直しであるな」

どちらからともなく距離を取り、互いに武器を構え直す。

数秒の睨《にら》み合《あ》いのあと、示し合わせたように双方が同時に駆け出した。

眼前に円形の刃が煌《きら》めく。が、視《み》えずとも、攻撃範囲はもう見切っている。

単なる刺突と思わず、大砲の弾を避けるが如く、大袈裟《おおげさ》に回避すればいいだけだ。

唸《うな》りを上げて鼻先を掠める穂先の下を潜《くぐ》り、槍の間合いの内側へ。

脇構えの体勢から逆胴を目掛けて剣を薙《な》ごうとしたが、ラウルは慌てることなく、すぐさま槍を縦に回転させ、柄を蹴り上げるようにして黒須の顔面を狙った。

こちらの攻撃を読み切った完璧な合わせ拍子に、思わず舌打ちが出る。

脳が危険を察したせいか、流れる時間の感覚が大幅に延長され、剝《む》き出《だ》しの地面を削りながら進む石突《いしづき》が奇妙にゆっくりと見えた。

ほとんど反射的に身体《からだ》が防御の姿勢へ動く。が、迫り来る石突の方がやや速い。

鎬《しのぎ》に槍が激突し、鏘然《そうぜん》とした響きと共に瞬《また》く間、火花を散らした。

「――――当てられたか。まるで別人のような槍捌き、見事だ」

地面に点々と赤い花弁が散る。

黒須は右頬から出血していた。

「マジかよ!?　クロスに一撃入れたぜ！」

「二人とも、なんちゅうスピードじゃ……」

「スゲーなラウルさん！　そのままノシちまえ!!」

「僕には速すぎて何が何やら……。アクセル、オーリック。今の、見えたかい？」

「申し訳ありません……。お二人が衝突したようにしか見えませんでした……」

「自分もです。ほ、本来の隊長の槍はあんなにも速いのですね……」

頬から口元へ伝う鮮血をペロリと舐《な》め取りながら、黒須は静かに破顔《はがん》していた。

面傷《おもてきず》を負わされるなど、一体、いつぶりのことだろうか。

吹《ふ》き零《こぼ》れる法悦《ほうえつ》を堪《こら》えきれず、唇が勝手に笑ってしまう。

血湧き肉躍る死闘。これこそ、喉から手が出るほどに渇望《かつぼう》していた戦いだ。

嗚呼《ああ》……この国に来られて、本当に、本当によかった。

本能に身を任せ、鎖を引きちぎった虎のような勢いで、一直線に疾走する。

突き出された槍先が肩口を抉《えぐ》るが——どうでもいい。

狂気じみた笑顔のまま、毛程も気にせず全力の前蹴りを放つ。

「ぐうぅッ！」

純白の鎧《よろい》が歪《ゆが》み、踵《かかと》が肝臓に食い込む感触。ラウルが仰《あお》向《む》けに転倒する。

その場で膝を曲げ、身体の上を目掛けて飛びかかるように跳躍。

寝転んだ状態の騎士と、刹那の間、眼が合った。

兜の隙間を狙い、顔面を刺し貫かんと上空から容赦なく剣を振り下ろす。

殺すつもりの一撃だったが、間一髪、ゴロゴロと横に転がって躱された。

「もう私の刺突は通用せんようだな。ならば………」

黒須が地面に深く突き刺さった剣を引き抜いている隙に、ラウルは体勢を立て直し、柄の先端を摑《つか》んで風切り音を立てながら縦横無尽に振り回し始めた。

巻き起こるは、十文字槍の乱舞。

その速度はどんどん増してゆき、ついには、槍そのものが視認できないほどになる。

「はは、槍を鞭《むち》のように扱うとは。いいぞ、初めて見る槍術だ。心が躍る」

黒須は心底嬉《うれ》しそうに笑うと、腰に装備しているナイフを投げつけた。

甲高い音と共にナイフは弾かれ、明後日《あさって》の方向へ飛んでいく。

「攻防兼ね備えた技というわけか。これは小手先では崩せんな」

長時間続けられる類《たぐい》の技ではない。

待っていれば、そのうち勝手に止まるだろう。だが――

持っていた幅広剣《ブロードソード》を捨て、黒須は愛刀の柄に手を掛ける。

折角《せっかく》見せてくれた大技。こちらも何か披露しなければ、釣り合いが取れんというものだ。

姿勢を低く、脚を大きく後ろへ引き、短く息を吸う。

その構えは、力いっぱい引き絞られた弓のようだった。

弾かれたように飛び出し、二つの人影が交錯《こうさく》する。

「「…………」」

槍の乱舞によって巻き上げられていた砂埃《すなぼこり》が晴れた時。

そこには槍先を地面にめり込ませたラウルと、その喉元に剣を突き付けている黒須の姿があった。

「――どうであっただろう？　少しくらいは、貴殿を驚かせることができたか？」

「素晴らしい剛槍だった。これまで戦った槍使いの中でも、類を見ない技の冴《さ》えだ。其許に戦いを離れていた期間がなければ、勝負の行方《ゆくえ》は分からなかったかもな」

ラウルは兜を脱ぐと、胸に手を当てて頭を下げる。

「クロス殿。私は騎士として、この大恩《だいおん》を生涯忘れないと誓う。いつか必ず、受けた恩義に報《むく》いてみせよう」

そう言って、こちらに右手を差し出した。

握れ、という意味だろうか。

「よせ、水臭い。我らは共に誇りのために生きる者。言わば同胞《はらから》だ。其許はただ己の騎士道に邁進《まいしん》されよ」

二人は固い握手を交わし、少年のような笑顔で互いの健闘を讃《たた》え合った。

第二十一話　冒険者さん、感動する

　とんでもない戦闘《もの》を見てしまった………

　冷めやらぬ興奮。心臓が、灼熱《しゃくねつ》した鉄球のように破裂しそうだ。

　この辺鄙《へんぴ》な空き地で行われた立ち合いは、後々まで、いや、死ぬまで忘れられないくらい衝撃的な名勝負だった。

　想像を遥《はる》かに超える絶技の応酬を目《ま》の当たりにして、ぼーっと突っ立っていただけなのに、運動したあとみたいに体が熱っぽい。

　限界まで集中していたつもりだが、それでも自分程度の剣士では、きっとやり取りの一割も理解できていないという確信めいた思いがあり、行き場のない無念さと焦がれるような憧れの気持ちがもやもやとして胸の中に鬱積《うっせき》する。

　しかし、今はそんなことよりも――

「やっぱり、そうだ………」

　フランツはクロスと親しげに話している大柄な騎士を、尊敬の眼差《まなざ》しで見つめていた。

　ご挨拶をさせていただいた時には気が付かなかったが、その流麗な槍捌《やりさば》きを見て思い出したのだ。

　十八年前に終結したオルクス帝国との大戦を勝利に導き、たった一人で戦局を変えるとまで言われた〝王国最強騎士〟の勇名を。

大英雄、ラウル・バレステロス。

王家直属近衛騎士団への勧誘を蹴り、あくまで西方の守護に拘《こだわ》ったとされる、言わずと知れたアンギラの偉人。

当時、身体強化の奇跡において大陸で右に出る者はおらず、敵国からは恐れをもって〝ファラス王国の魔槍騎士《まそうきし》〟と呼ばれていたそうだ。

自分がまだほんの小さな、五歳か六歳の頃の伝説だが、ギルドの資料室にある王国戦記にもその名はしっかりと記されている。

戦後、唐突に前線から姿を消して行方《ゆくえ》不明となったことから、王国の弱体化を他国に知られないために、戦死を隠匿《いんとく》されたなどと実《まこと》しやかに噂《うわさ》されていたが………

紛れもなく、本物の英雄が目の前にいる。それも、英雄の中の英雄が。

その現実味のない状況に、頬をつねればまともな風景に変わるんじゃないかとさえ思えた。

「フランツよ。ありゃあ、まさかとは思うが――」

自分と同じような表情をしているところを見るに、バルトもその正体に思い至ったらしい。

「うん、俺もついさっき気付いたよ。あの人、〝魔槍〟だ」

「ではクロスがヘコませたあの鎧《よろい》は……。陛下から下賜《かし》されたという、総魔銀製の――」

「いや。やっぱり別人なんじゃないかな」

ラウル様は魔術を使用していなかった。

観戦中、誰かが魔力を失ったとか何とか言っていた気もするが………

人違いだ。うん、そうに違いない。

◆　◆　◆

別れを惜しみつつレナルドたちが去り、すっかり静かになった拠点には、陽気な蜥蜴人《リザードマン》だけが残されていた。

屋敷を囲む鉄柵の中を、狂ったように爆走していた彼の愛馬を何とか木に繋《つな》ぎ、改めて居間のソファーで向かい合う。

「さて、俺は風呂に…………」

「馬鹿もん、止血が先じゃ！」

さりげなく席を立とうとしたクロスをバルトが捕獲し、肩口に布を押し当てる。

それほど深い傷には見えないので、初対面の貴族を残して消えられては困ると、気を回してくれたのだろう。

「それで、タイメン様は――――」

「おいおい〝様〟は止《や》めてくれよ！　鱗《うろこ》が逆立っちまうぜ！　冒険者同士なんだから、呼び捨てで構わねーよ」

「なんか……。貴族ってもっとこう、偉そうな奴《やつ》らだと思ってたぜ」

同感だ。

クロスのような例外は別として、これまで貴族と面と向かって話す機会なんてなかったが、レナルド様やラウル様も意外なほど気安い雰囲気だった。

ご領主様の演説や騎士団による旗行列《パレード》の印象が強いため、知らず知らず、先入観を持ってしまっていたのかもしれない。

「田舎《いなか》貴族なんか平民とたいして変わんねーって。オレも親父《おやじ》も、漁師と船乗って漁に出てんだぜ？　親父はまだしも、ナバルにゃオレを貴族扱いするヤツなんか一人もいねーよ」

「じゃあ、タイメン。クロスからここに住みたいって聞いたけど、事情を教えてもらえるかな？」

「オレは生まれてから一度もナバルを出たことがなくてよー……」

タイメンの語った話は、故郷を飛び出してきたフランツたちにとって、強い共感を覚えさせられる内容だった。

田舎で暮らしていると、なんだか自分だけが世界に取り残されているような、大きな可能性をふいにして生きてしまっているような。そんなやり切れない想《おも》いに駆られることがあるのだ。

身分は天と地ほど違っていても、同じ田舎者として、都会に憧れる気持ちは痛いくらいによく分かる。

「島亀《アスピドケロン》のせいで今は代官の仕事もねーから、その間だけでもアンギラで暮らしてみてーんだ。オレも冒険者として少しは稼いでたから、もちろん家賃も払わせてもらう。だから、頼むっ！　少しの間だけ、オレを仲間に入れてくれ!!」

目を瞑《つぶ》り、意を決したような面持ちで頭を下げるその姿には、相違点よりも共通点の方が多いように感じた。

フランツは同意を確認するように仲間たちの顔を順番に見て、結論を下す。

「……分かった。タイメンを荒野の守人の臨時メンバーとして歓迎するよ。気難しいクロスが連れてきたってことは、信頼もできるだろうしね。じゃあ、二階の物置部屋を片付けるから、そこを使ってくれ」

「やったぜ!! ありがとなー!」

タイメンは喜びで尻尾《しっぽ》を床に打ち付けた。

その音でパメラがビクッとなり、悪い悪いと苦笑している。

「それにしても島亀か……。ナバルも大変なんだね」

島亀はSランクの中では比較的温厚な魔物だ。

手出しさえしなければ害はないのだが、その背には希少な鉱石や植物が存在するとされており、過去、一攫千金《いっかくせんきん》を夢見た小国の王が軍を派遣して、国ごと滅ぼされたという逸話がある。

そのため、出現した場合は絶対に攻撃してはならないという法が、世界各国、どこの国にも必ず定められているそうだ。

「話にゃあ聞いたことがあるが、実際見たことはないのう。クロス、お前さんもその姿を見たのか?」

「ああ、マウリが一万人乗っても平気なほどの巨大な島だった」

「フランツならどうですか?」

「…………………三千人だな」

「おいコラ。俺がフランツの三分の一サイズのチビだって言いてえのか、テメー」

「マウリンって旅行小人《ハーフリング》だよな？　それにしちゃー……」

「なんだよ？　言いてえことがあんなら言ってみろよ、蜥蜴《とかげ》野郎」

憐《あわ》れむような表情で口を濁《にご》したタイメンを、マウリが負けじと睨《にら》み付《つ》ける。

なんというか、実に対照的な二人だ。

蜥蜴人にしては大柄なタイメンと、旅行小人にしては小柄なマウリ。

圧倒的な体格差も相まって、大人と子供……いや、クジラとイワシくらいの差がある。

「あっ、そうだ。俺たち、もうすぐ二回目の迷宮探索に入る予定なんだけど……。タイメンはどんなタイプの戦い方をするのか、今のうちに聞いておいてもいいかな？」

「オレは近距離特化の重戦士だ。それともちろん、水中戦も得意だぜ。魔術は水の適性を持ってっけど、使えるのは創水《クリエイトウォーター》の奇跡くらいだなー」

「……飲み水が出せるのは助かるよ。前は意外と水場が少なくて困ったんだ」

ちょうど昨日、大きな水筒を買ってしまったばかりなので少しショックだが、返品を頼むしかないか。

「遠征の準備はどうなっている？」

「ほぼほぼ完了ってとこかの。あと足りんのは防水用のテントと――」

「水薬《ポーション》だ。トトの店が売り切れてて、北区にあるうさんくせぇ店まで行かなきゃなんねえ。それ以外は細かいもんばっかだが、ガーランドで買うと高《たけ》ぇし、領都《こっち》で全部用意しときてえよな」

「よし。じゃあどうにか明日一日で準備を終わらせて、明後日《あさって》の朝に出発しようか」

フランツの立てた方針に、仲間たちは首肯して同意を示した。

第二十二話　お侍さん、思い悩む

「人族って変わってるよなー。熱湯なんか入って、何が楽しいんだか。料理されてる気分にならねーの？」

「…………」

小川を蛙《かえる》のようにスイスイと泳ぐ大蜥蜴《おおとかげ》を鬱陶しそうに眺めながら、一つ大きなため息を吐《つ》く。

ようやく話し合いから解放され、風呂に浸《つ》かって寛《くつろ》いでいたところに、部屋の片付けが済んだらしいタイメンが行水《ぎょうずい》にやって来たのだ。

水場が得意と言っていただけあって、長い尻尾《しっぽ》を器用に使い、水音も立てることなく滑るように泳いでいる。あの筋肉の塊のような肉体が何故《なぜ》水に浮くのか不思議でならないが、体内に鰾《うきぶくろ》でも持っているのだろうか。

「その顔から出てんのって〝汗〟ってヤツだろー？　熱いなら、我慢しねーで水に入りゃーいいのによー。あっ、ほら。またダシ出てんぞ、ダシ」

「お前、……………」

反論の科白《せりふ》が喉元までせり上がったが、蜥蜴には風呂の良さなど理解できまいという気持ちが、言いかけた言葉をぐっと咽喉へ押し戻した。

代わりに、以前から気になっていたことを尋ねる。

「そもそも、暑さや寒さを感じるのか？」

先日の狂猿戦。

タイメンは引《ひ》っ掻《か》かれようが嚙《か》み付《つ》かれようが、気にする素振りさえ見せなかった。

全身を覆う無機質な鱗《うろこ》には、痛覚どころか、感覚そのものがなさそうに思えたのだ。

「あったりめーだろ！　蜥蜴人《リザードマン》を何だと思ってんだ!!　むしろ、寒さにゃめちゃくちゃ弱《よ》えーよ！」

「バルトがもうすぐ雪が降ると言っていたが……。冬眠、しなくてもいいのか？」

寒さに弱い蜥蜴と聞いて、当然の疑問を口にしたつもりだったが、タイメンはやや不快げな表情になり、眉の辺りに嫌な線を刻む。

「お前さー……。オレは平和を愛する優しい男だから構わねーけど、それって、異種族への差別発言だから気ぃつけろよ。特に獣人族にゃー動物扱いするとブチ切れる連中も多いからな。人種差別主義者《レイシスト》だと思われちまうぜ？」

「人種差別……？」

言っている意味が――よく分からない。

いや、言葉自体は理解できるが、人種による差別という概念を測りかねる。

〝花は桜木《さくらぎ》、人は武士〟

花の中では桜が最も美しいとされているように、人の世に位階があるとするならば、論ずるまでもなく武士が最上位。黒須《くろす》が人を測る尺《ものさし》は、武士かいいいいか、武士かそれ以外かしかない。

父上も、たびたび階級観念については申しておられた。

支配階級である武士と、被支配階級であるその他に区別はあるが、武士以外の者の間に上下関係は存在しないと。物乞いであろうが豪商であろうが、我らからすれば大した違いはないのだと。

その教えに疑問を持ったことはなかったが――

俺は、タイメンの言うような差別主義者なのだろうか。

人間のみが暮らす日本とは違い、この国には外見の異なる様々な種族が混在している。

そこに優劣があるとは思わないが、最近は相手の武力を推し量るために、獣耳や福耳の有無を確認する癖が身についた。人種によって相手を値踏みすることを差別と呼ぶのであれば、立派な差別主義者とも言えようが……

要は、自分にとって敵になり得るか否《いな》かだ。

敵対するなら誰であろうと等しく同じ、斬り捨てるのみである。

その判断に種族などという些末《さまつ》な視点が介在する余地はなく、老若男女、貧富貴賤《ひんぷきせん》、士農工商《しのうこうしょう》も全く関係ない。

「まーたしかに寒いと動きが鈍くなんだけどよー。……あっ！　この川、魚いるじゃねーか!!　ちょっと捕まえてくるわ！」

顎に手を当てて考えを巡らせていると、タイメンは完全に潜水した状態で上流へと旅立っていった。

「……………」

突然の遁走《とんそう》に、ただポカンとしてそれを見送る。

呆《あき》れるほどの遊泳速度だ。確実に、陸を走るよりも速かった。

武芸十八般の一つに数えられるように、武士にとっても水泳術は極めて重要な武技である。

戦となれば敵陣に迫るため、海や川、堀を突破しなければならないからだ。

黒須も、幼い頃から嫌になるくらい水練は叩《たた》き込《こ》まれた。

真《しん》、草《そう》、諸手伸《もろてのび》、小抜手略体《こぬきてりゃくたい》、大抜手《おおぬきて》、巻足《まきあし》、雁行《がんこう》、蓮華鴨《れんげがも》、諸手日傘《もろてひがさ》、扇返《おうぎがえし》、水書《すいしょ》……ありとあらゆる型を始めとして、甲冑《かっちゅう》を着たまま泳ぐ着衣泳法。立ち泳ぎのまま弓や鉄砲を撃つ水中射撃。さらには捕虜化を想定して、手脚を縛られたまま泳ぐ全身絡《ぜんしんがらめ》まで。

水責めや溺水への耐久訓練も兼ねていたため、滝壺《たきつぼ》に巻かれ、何度も死の淵《ふち》を彷徨《さまよ》ったものだ。

溺れるというのは、単純な刀剣による痛みとはまた別種の苦しみがある。

水中で平静を失うと、人は一心不乱に動かす手脚と同じくらいの忙《せわ》しさで、間近に迫った死から逃れ出る道を本能的に考えてしまう。

肺に水が入った瞬間、その混乱は極致に達し、もはや、水面が何方《どちら》にあるのかさえ分からなくなる。いっそ気を失うか狂ってしまった方が楽なのに、嫌悪感が身体《からだ》の中に充満し、抗《あらが》うことのできない吐き気が込み上げてくるのだ。

数多《あまた》ある鍛錬の中でも、垢離水行《こりすいぎょう》の練は時間を忘れるほどに過酷な修行だった。

「…………」

嫌な思い出が怱忙《そうぼう》として脳裏に蘇《よみがえ》り、快適なはずの湯が重く伸《の》し掛《か》かってくるような錯覚を覚える。

黒須は眉間に皺《しわ》を寄せ、急《せ》かされるように風呂を済ませた。

◆　◆　◆

「わぁ……！　お魚なんて久しぶりです！」

「儂《わし》もじゃ。美味《うま》そうじゃの」

「俺たぶん、海の魚って初めて食うぜ」

夕飯は、食卓から溢《あふ》れんばかりの魚料理で埋め尽くされていた。

残念ながら刺身は見当たらないものの、揚げ物や焼き物からは食欲を刺激する芳《こう》ばしい香りが漂い、独りでに鼻腔《びこう》がいっぱいに広がる。

魚の焼ける匂いというのは、何故だろうか。

いつだって、恐ろしいほど幸福な気分にさせてくれるものだ。

「こんな高級食材……。嬉《うれ》しいけど、本当によかったの？」

「おう！　いっぱい持ってきたから、ガンガン食ってくれよ！」

心配そうな顔で尋ねるフランツに、タイメンはドンと胸を叩いて答えた。

自分が美味《おい》しいと思っているものを皆にも食べさせたい。それが人情というものである。

「じゃ、じゃあ……。遠慮なくいただこうかな」

不安げな様子から一転、ごくりと生唾を呑《の》みくだす音が聞こえた気がした。

聞くところによると、ナバルを発つ際に男爵が土産《みやげ》として、大量の食材を持たせくれたのだとか。

流石《さすが》は貴族、如才《じょさい》ない。

しかし、〝息子をよろしく頼む〟という気遣いもあるのだろうが、これを額面通りに受け取るのは危険だ。

権力者による贈り物というものは、謝意を示すだけでなく、立場を対等にさせる効果を持つ。

感謝する側が引け目を感じないように、永遠に感謝し続ける必要がないように。

これで五分だと伝えているのだ。

だからこそ、皆こぞって中元やら歳暮やらを贈り合う。

地官赦罪大帝の贖罪《しょくざい》の神徳など、忘れ去られてもう久しい。

「うおぉっ!? なんだコレ、めっちゃ美味《うめ》ぇ！」

「脂の乗りは、やはり川魚とは比べもんにならんの。葡萄酒《ワイン》ともよく合うわい」

マウリとバルトは、青魚の味醂《みりん》干しのような物を絶賛した。

黒須もボレロ家の昼食で食したが、甘辛い味付けが魚の濃い旨《うま》みと相乗し、特に、焦げかけた部分が絶品なのだ。

「…………っ!!」

フランツは無言で好物のシチューを掻《か》っ込んでいる。

鱒《ます》のような淡い紅色の切身と野菜を牛の乳で煮込んだ料理だ。

その眼《め》には薄《うっす》らと光るものが見え、感想は聞くまでもない。

「美味しいですっ！　全然生臭くありませんね！」

「だろー？　その魚、オレが捕まえたんだぜ」

「タイメンさんが!?　すごいですね……！　お魚ってどうやって捕まえるんですか？」

話し合いの席ではずっと黙り込んでいたパメラも、無事に餌付けされたようだ。

黒須は仲間たちの様子を満足げに眺め、魚肉の腸詰めに手を伸ばす。

――旨い。

ほどよく火に炙《あぶ》られたパキッとした食感。

香辛料の使い方が豊富で荒っぽく、以前、マイカの宿で食った豚鬼の腸詰めと比べ、やや薄味ではあるものの、その分あっさりとしていて、いくらでも食べられそうだ。

思わず、玄米飯が恋しくなる。

「そういえば、タイメンさんってお貴族様なのに、どうして冒険者になったんですか？」

「オレんちは海の治安維持も大事な仕事でよー。魔物狩りを手伝わされてる時に思ったんだ。どうせ毎日魔物と戦うなら、冒険者になりゃー小遣い稼ぎになるんじゃね？　ってな」

「よく親父《おやじ》殿が許してくれたもんじゃの」

自慢げに語るタイメンに対し、バルトは得心がいかないような顔つきになる。

「バッカ！　そんなんナイショで登録したに決まってんだろ！」

「ギルドの受付はどうやって誤魔化《ごまか》したんだよ？　代官の息子ならツラは割れてんだろ？」

「幼馴染《おさななじみ》が職員やってっから余裕だったぜ！　親父にバレた時にゃー二人揃《そろ》って、死ぬほど説教食らったけどな………」

「それからはずっと一人《ソロ》で活動してたの？」

「まーな。……いや、パーティー探したこともあったんだけどよ。やっぱ、誰も貴族なんかと組んじゃくれなかったわ。だからよ！　オレにとっちゃ、荒野の守人が初めての冒険者仲間なんだ！受け入れてくれてホントありがとなー!!」

タイメンは隣に座るフランツの背中をバシバシと叩き、千切れそうな勢いで尻尾を振る。

「ど、どういたしまして。こっちこそ、これからよろしくね」

痛そうに顔を歪《ゆが》めながら苦笑するフランツに、食卓は言いようもなく温かい空気に包まれた。

第二十三話　お侍さん、街を散策する

「こちらが報酬の金貨十五枚。それと、経費分の金貨二枚と銀貨八枚でございます。お確かめくださいませ」

アンギラに戻った翌日、黒須《くろす》は依頼の達成報告のために傭兵《ようへい》ギルドを訪れていた。

戦時中とあってか、前回来た時よりもさらに人が少ない。

いつも喧《やかま》しく声を掛けてくる連中の姿も見当たらず、建物内は墓場のように静まり返っている。

「本当に言い値で構わんのか？」

眉根を寄せ、疑いの眼差《まなざ》しを新顔らしき男へ向ける。

ナバルでの飲食代はギルド負担という約束であったものの、使った金額を証明する手段などあるはずもない。

どうするつもりなのかと見ていれば、なんと、こちらが申告した通りの金がそのまま差し出されたのだ。

傭兵ギルドにはいい印象を持っていないこともあり、上手《うま》く出来過ぎている、何か裏がありそうだと、つい勘繰《かんぐ》ってしまう。

「え、ええ。ギルドマスターからそうするよう指示を受けておりますので、ご心配なく。お疲れ様でございました」

受付の男はそう言って、慇懃《いんぎん》に頭を下げた。

「……そうか。なら、遠慮なく受け取ろう」

瞳の奥には僅《わず》かな怯《おび》えが映って見えたが、害意は感じなかった。

財布として使っている小鬼里産の皮袋に受け取った硬貨を仕舞《しま》い込《こ》み、ギルドを後にする。

「いやー、やっぱし都会のギルドはデッケーな！　依頼の数もハンパねーしよ!!」

「あれでも普段よりは少ない方らしいがの。ほれ、次は買い出しじゃ」

アンギラの街を散策したいと希望したタイメンと、迷宮に潜るための買い物があったバルトも一緒に来ていた。

あれこれ街のことを質問するタイメンに、物知りなバルトは相性がいい。

「買い物は水薬だったな。魔道具屋か？」

「いや、薬師がやっとる専門店じゃ。昨日行った時はちょうど増産中と言われての」

フランツたちが別行動で防水テントを探しに行っているため、こちらの買い物は水薬だけだ。

特に急ぐ必要もないので、タイメンの観光も兼ねて寄り道しながら街をぶらつく。

「はー……。あの城にレナルド様が住んでんのか。辺境伯って金持ちなんだなー」

街の中央。雲一つない青空を突き刺すように聳《そび》え立つ尖塔《せんとう》を見上げ、タイメンが感嘆の吐息を漏《も》らす。

見る者を圧するが如きその威容。初めて眼《め》にすれば驚くのも無理はないだろう。

黒須も街に来た当初、この城と戦《いくさ》になった場合どうやって攻め落とすかと、そんなことばかり考えていた。

内部に乱波透波《らっぱすっぱ》を忍ばせておけば、城壁の突破は可能だろうが、街中に逆虎落《さかもがり》や乱杭《らんぐい》を敷かれてしまうと、城に到達するのは至難の業《わざ》だ。

文字の練習と称して日夜書き付けている愛用の冊子には、これまでに思い付いた攻略法がびっしりと綴《つづ》られている。

「アンギラは王国でも有数の規模を誇る巨大領地じゃからの。領内に迷宮を三つも抱えとるのはここだけじゃ」

「はぇ〜。それって、スゲーのか？」

「……お前さん、一応はアンギラ辺境伯家の寄子《よりこ》じゃろ。そんなことも知らんのか」

「親父《おやじ》みてーなこと言うなよなー。寄子っつったって、辺境伯に会ったのなんか、大型船が完成した時にやった進水式の宴会《パーティー》くらいだぜ？　それもガキの頃で、直接話したこともねーしよ」

バルトは大口を開けて呆《あき》れたような表情になったが、黒須は特に驚かなかった。

武家に仕える奉公人も似たようなものだからだ。

同心どもは有事となれば武家の指揮下に入るが、平時において主従関係にあるわけではない。

帯刀を許されるような上級奉公人は例外として、遊里の妓夫《ぎふ》、髪結《かみゆい》、板前、大工衆など、入れ替わりの激しい浮動的な町方奉公人に至っては、寄親の顔すら知らぬ者が大半を占める。

暇さえあれば町に繰り出していた長兄を除き、あえて名乗らなければ、黒須家家中の武士と気付かれもしないだろう。

「おい、あそこの広場に屋台があるぞ。そろそろ昼飯にしよう」

定番の豚鬼肉の串焼きと葡萄酒《ぶどうしゅ》を買い、空いている長椅子に腰を下ろす。

「屋台はどこも肉ばっかだなー。ナバルで獲《と》れた魚もアンギラに売ってるはずなのによ」

「魚は輸送中に腐ってしまうからの。ほとんどは干物にされて、食料品店に並んでおるぞ。海水ごと活《い》かしたまま運ばれてくる物もあるにはあるが、儂《わし》ら庶民には手が出しづらい高級品じゃ」

前にトトの店で魚の干物を見掛けたが、たしかに、ナバルの五倍以上の値が付いていたと記憶している。

噂《うわさ》に聞く時間停止の魔法袋でもあれば話は別なのだろうが、魔物のうろつく荒野を横断するような危険な輸送。高値が付くのも仕方なかろう。

「ナバルの串焼き屋は旨《うま》かったな。また訪れる機会があれば食いたいものだ」

「羨ましいのぅ。昨日の料理も美味《うま》かったが、新鮮な魚介なんぞ久しく口にしとらんわい」

「いつかみんなで遊びに来いよ！　オレがどこでも案内してやっから！」

賑《にぎ》やかな食事を終え、散策を再開する。

傭兵ギルトから徒歩にして半刻《一時間》。この辺りまで来ると、黒須にとっても初見の場所だ。

目抜き通り沿いに比べて、やや薄暗い街並み。

建ち並ぶ家々は古めかしいものが目立ち、水路が多いせいか、どことなく湿っぽい感じもする。

「バルト、あの店は？　用心棒がいるぜ」

タイメンが指差した店は外観こそ他と変わりないものの、入り口に槍《やり》を持った大男が二人、周囲を威圧するようにして立っている。

武器を手にしたままこちらを睥睨《へいげい》したのが癇《かん》に障り、殺気を込めて睨《にら》み返《かえ》すと、二人揃って仲良くサッと眼を逸《そ》らした。

「ありゃあアベール商会の奴隷店じゃな。アンギラ辺境伯家の御用商人が運営しとる大店《おおだな》じゃ」

「へー、あれが……。クロスのいたニホンにも奴隷店ってあったか？」

昨夜のうちに、タイメンには自分の生い立ちを話している。

彼は黒須が領主の息子だと知っても、取り立てて騒ぐことはなかったが、むしろ日本の実態に興味津々な様子で、あれこれと質問攻めにされ難儀《なんぎ》した。

「俺の国では表向き、人身売買は禁じられている。大戦のあとは裏町で奴隷市が開かれることはあったが……。こんなに堂々と往来に店を構えてはいなかった」

「ファラス王国は奴隷の売買を禁じとらんから、別に、後ろ暗い商売ではないぞ。まぁ、一般人が買えるのは、金で身を堕《お》とした〝借金奴隷〟だけじゃがな」

バルトが言うには、罪を犯した者や敵国の捕虜からなる〝犯罪奴隷〟という身分もあるらしい。

以前、マイカの門兵に引き渡した野盗どもの成れの果て。

危険な奴隷なので平民への販売は禁じられており、主に領主や各地の貴族が買い取って、力仕事や汚れ仕事に従事させているそうだ。

「オレんちは貴族だから犯罪奴隷でも買えるんだけどよ。一番安い盗手小人《ケンダー》の奴隷でも、金貨十数枚はするらしいぜ。親父が積み荷の運搬用に買おうとして諦めてたわ」

金貨十数枚ということは、今財布に入っている金だけでも買えてしまう金額だ。

魔法袋の買取額が金貨七十枚であったことを踏まえると――――

「人の値段として考えれば、高いのか安いのかよく分からんな」

「高位の冒険者が荷運び《ポーター》として買うこともあるらしいが、いずれにせよ、儂らにゃ縁遠い店よ」

そんなとりとめもない会話をしていると、ふと通りの向かいにある建物が気になった。

「あそこの大きな店は何だ？　看板もないようだが」

「ありゃ店ではなく、ルクストラ教の教会じゃ。その左側が孤児院、右側が治療院じゃな」

「……孤児の暮らす向かいで奴隷を売っているのか。悪趣味な」

「えっらい年季の入った教会だなー。ルクストラ教って清貧が信条なんだっけ？」

その建物は周りと比べて明らかにボロボロ、まるで幽霊屋敷のようだった。

ひび割れが目立つ黒く煤《すす》けた外壁には、触手のような蔦《つた》がびっしりと絡みつき、なんとも不気味な雰囲気を醸し出している。

「儂は火神ジギルヴァルトの信徒じゃからの。調和神の教えはよく知らんが……。フランツがやたらと金に細かいところを考えるに、当たらずとも遠からずではないか？」

言われてみれば――――……

廃墟《はいきょ》を自力で修復したり、盾が壊れただけで酷《ひど》く落ち込んだり、安い品を探して街中を走り回ったり。

フランツは少々、吝嗇臭《ケチ》いところがある。

予備の刀剣すら持たないのはどうかと思い、進言したこともあるのだが、『物っていうのはね。なんでも一つあれば十分なんだよ。同じものをいくつも持つのは欲張りだし、それが節約して上手《じょうず》に暮らすためのコツなんだ』と、何故《なぜ》か誇らしげに語っていた。

あの様子からして、唸《うな》るほどの大金を手に入れて何でも買える身分になっても、彼の生活はほとんど変わらない気がする。

仮に変わる部分があったとしても、シチューの具が一つ二つ増える程度のことだろう。

本人の性分かと思っていたが、あれは信仰に篤《あつ》い故《ゆえ》の行動だったのか。

「ナバルは海神テオの信者が多いから、そもそも教会自体がねーんだよな。海に祈ったり、酒を撒《ま》いたりするだけだぜ」

「…………」

黒須はあまり信仰心を持っていないため、いらぬ口出しは控え、黙って話を聞いていた。

黒須家は母がとても信心深かったが、男性陣は形程度にしか付き合っていなかったのだ。

ある時、次兄が『よくもまあ見たこともない存在にそこまで熱心に祈れるものですね』と言うと、母は大泣きしながら激怒し、父が止めに入るまで次兄を折檻《せっかん》したこともあった。

そのあまりの怒りっぷりに、猛者《もさ》どもの覇気を物ともしない黒須と長兄が、唖然《あぜん》と見ていることしかできなかったくらいだ。

懐かしき思い出に浸っていると、唐突に、聞き覚えのある大声が通りに響く。

「あーっ！　クロじゃないかー！」

教会の前から凄《すさ》まじい速度で駆けてきたのは――――以前ギルドで手合わせをした、豹獣人《パンテーラ》のネネットだった。

第二十四話　お侍さん、調べてもらう

「ネネット、何故《なぜ》こんな処にいる？　……おい、離れろ」

駆けてきた勢いそのまま、ネネットは黒須《くろす》の腹に頭突きをするようにして抱きついた。

「元気してたかー!?」

こちらの問いかけを完全に無視して、髪の毛を擦《こす》り付けるようにグリグリと頭を動かす。

もし腰の刀に指一本でも触れれば、膝蹴りをくれてやるつもりだったが――流石《さすが》に武芸者としての一線は弁《わきま》えているらしく、別段敵意も感じないので首根っこを掴《つか》んで引《ひ》き剥《は》がした。

何がそんなに嬉《うれ》しいのか、宙に吊《つ》るされているにも拘《かかわ》らず、きゃあきゃあと小鳥のように楽しげな声を上げている。

「ここはアタシの実家だからなー！　バルトもいるのか！　何してるんだー？」

ネネットは孤児院へ入ろうとしていた。

つまり、そういうことなのだろう。

「久しいの、ネネット。買い物のついでに、こやつに街を案内しておったんじゃ。ナバルから来たばかりでな」

バルトが隣を顎でしゃくって示したので、黒須はタイメンにネネットを手渡す。

巨体の大蜥蜴《おおとかげ》は親指と人差し指で彼女を摘《つま》み、顔の高さまで持ち上げて、しげしげと観察した。

「冒険者でいいんだよな？　Eランクのタイメンだ！　よろしくなー！」

「Bランクのネネットだ！　よろしくぅー！」

「ビ、Bランク!?　高位冒険者じゃねーかッ！　スゲーな嬢ちゃん!!」

「そうだぞー！　アタシはすごいんだ！　クロには負けちゃったけどなー！」

初対面とは思えない気軽さ。

タイメンはどんな相手でも物怖《ものお》じせずに仲良くなれる、人好きする性格だ。

その明け透けな部分を、黒須は彼の長所だと捉えていた。

「よぉーし!!　お前ら、アタシの実家に招待してやるっ！　ついてこーい！」

ネネットはそう言うと、こちらの同意を待つことなく、教会の大きな扉を開けてズカズカと中に入っていってしまった。何か、前にも同じようなことがあった気がする。

「……なぁ。オレら異教徒だけど、入って大丈夫なのかな。怒られねーか？」

「火神の寺院なら、問答無用で袋叩《ふくろだた》きじゃな。調和神は平和と安寧を司《つかさど》る神じゃから、問題ないとは思うが………」

「ネネットがいれば何とかなるだろう」

空き家を狙う盗人《ぬすっと》のようにこっそり中を覗《のぞ》き込《こ》むと、そこは、外観とは対照的な神域然とした空間だった。

背の高い建物なので複数階かと思いきや、予想に反して吹き抜けの大広間。

奥には祭壇と美しい女の石像があり、そちらへ向かうようにして多くの長椅子が並べられている。

窓から射《さ》し入《い》る陽《ひ》の光が色とりどりのびいどろ《ガラス》の加減で、虹ともつかず、花明かりともつかない表象の世界を幻出させており、眺めていると心が虚《うつ》ろになって、肉体が幻の彩りのままに染め上げられてしまいそうな危険を感じた。

趣《おもむき》はまるで違うが、山奥にひっそりとある神社を思わせるような、杉や桧《ひのき》の巨木の前に立った時のような、自然と合掌したくなる神聖な雰囲気だ。

「あの石像……。もしや、硬貨に彫られているものと同じか？」

「よく気付いたの。ルクストラ教はファラス王国の国教なんじゃ。それもあって、この国には調和神の信徒が多い」

「つっても、聖国みてーに強制されてるワケじゃねーけどな。宗教なんざ、地域とか種族によって様々だからよ」

三人がボソボソと話していると、高い天井へ一直線に届かんばかりの大声が響く。

「シスター！　ただいま！　おともだちを連れてきたんだー!!」

「ネネット!?　お静かになさい！　儀式の最中ですよっ！」

負けず劣らずの叱声《しっせい》が残響《やまびこ》のように返ってきた。

「「………………」」

祭壇の前で獣人の男が跪《ひざまず》き、その頭にシスターと呼ばれた黒衣の女が手を翳《かざ》している。

誰がどう見ても何らかの儀式。それは、教会の入り口からでも真正面に見えていた。

不信心者の自分でさえ、わざわざ声を落としていたというのに………

ネネットは叱られて悲しくなったのか、長椅子の上でしょんぼりと膝を抱えてしまった。

三人も静かに彼女の横へ並んで座る。

「あれは何をしている？」

「〝祝福の儀〟と呼ばれる魔術適性を調べる儀式じゃな。ルクストラ教の祭事を見るのは初めてじゃが、火神の典礼も似たような形式じゃわい」

――レナルドの独白に登場した儀式《あれ》か。

「へー、海神のはこんな堅っ苦しい感じじゃねーけどな。どっちかってーと祭りに近《ち》けーし」

「童子《こども》が受ける儀式ではなかったのか？」

レナルドから五歳の頃に適性を調べたと聞いていたため、勝手に七五三や宮参りのようなものを想像していた。しかし、真剣な面持ちで跪いている男は、どう見ても四十前後の中年である。

「うんにゃ、年齢にこれといった決まりはないぞ。儂《わし》が調べたのも成人して随分と経《た》ってからじゃ。近場に儀式ができる高僧がおらんくての」

「いや、ルクストラ教だけかもしんねーけど、貴族ならお披露目《ひろめ》も兼ねてっから、その年五歳になるガキが集まって一斉に受ける決まりらしいぜ。ナバルじゃ、身分関係なしにやってってっけどな」

バルトは自分の知らないことをタイメンが知っていたのが衝撃だったらしく、酷《ひど》く驚いた様子だった。

「そういうことか……。そりゃあ知らんかったわい」

「祝福の儀なんてご大層な名前だけどよー。結局あんなん、光属性の精察《アナリューゼ》の奇跡を使ってるだけだろ？　貴族だけでコソコソやるような大袈裟《おおげさ》なモンじゃねーって。寄付さえすりゃー誰でも調べてもらえるって話だしな」

まるで貴族の慣例なんぞ下らんと言わんばかりの言い草。

レナルドは大貴族ほど魔術の有無を重視すると言っていたが、やはり、彼のように思想に染まっていない例外もいる――

……待て待て。そもそも、男爵家とはどの程度の地位だった？

護衛依頼に向かう前、仲間たちからその辺の講釈は受けていたが、あまり興味がなかったのではっきりと覚えていない。

最上位が国王で、最下位が騎士であること。

辺境伯はその名称から受ける印象に反して、かなり上位に位置していたこと。

たしか子爵という位《くらい》もあったはずだが、〝子〟と〝男〟であれば……男爵の方が上か？

記憶にあるのはその程度だ。

そんな取り留めのないことを考えているうちに、ようやく儀式が終わりを迎える。

「残念ながら、調和神の祝福はございませんでした。しかし、女神ルクストラはいつでも貴方《あなた》を見守っていらっしゃいますよ」

「そうですか……。ありがとうございました」

男はがっくりと肩を落とし、落ち込んだ様子で帰っていった。

「さて、おかえりなさいネネット。そちらの方々がお友達かしら？　私はこの教会で修道女《シスター》をしているオルガと申します。お待たせしてしまって申し訳ありませんでした」

託宣を下す巫女《みこ》のような雰囲気から一転、朗らかな母の顔に変わる。

五十を少し過ぎたくらいの年齢だろうか。

面長の優しげな顔立ちで、真《ま》っ直《す》ぐに伸びた鼻梁《びりょう》からは上品な印象を受ける尼《あま》だ。

こちらも揃《そろ》って名を名乗り、挨拶を返す。

「皆さま、ネネットに無理やり連れてこられたのではないですか？　この子ったら勧誘のつもりなのか、気に入った人を教会《ここ》に引っ張ってくるクセがあるものでして――――」

オルガによると、ネネットは赤ん坊の頃から孤児院で育てられたのだそうだ。

道理で、いつもの元気は何処《どこ》へやら、膝の上に抱えられ、大人しく頭を撫《な》でられている。

この国では困窮による捨て子は珍しくないらしく、アンギラのような大きな街でもたびたび起こることなのだとか。日本においても、寺に吾子《あこ》を捨てる者は後を絶たない。その点は何処《どこ》の国でも似たような事情なのだろう。

さて、それはそうと………

「オルガ殿。一つ、頼みがあるのだが」

世間話の途中、黒須は割り込むようにして話題を変えた。

「どうされました？　私にできることでしたら、なんなりと」

「俺にも、祝福の儀というのをやってもらえないだろうか？」

この国の神々がどういった存在《もの》なのかは知らないが、自分のような人間――人斬りが、易々《やすやす》と受《う》け容《い》れられないことは理解している。

己の眼《め》で見たものしか信じず、宗教を真面目に考えたことさえ一度もないのだ。

神からすれば、そんな不信心者に天罰《ばち》を下すことはあっても、祝福を与えてやる義理など微塵《みじん》もないだろう。

しかし今、眼の前に強くなれる機会が転がっている。それも、神通力に等しい力を得る好機だ。

一縷《いちる》の望みだとしても、みすみす見逃す手はない。

「クロスよ、お前さんこれっぽっちも魔術を使えんじゃろう？　適性がある見込みは薄いぞ」

「分かっている。だが、先ほどの男もそれを承知で儀式を受けたのだろう？　俺も可能性が少しでもあるのなら、やってみたい」

世界は自分を中心にして廻《まわ》っておらず、不運も幸運も、詰まるところは運否天賦《うんぷてんぷ》である。

丁半どちらが出るか自力で決められないとしても、試す価値は十分にあると判断しただけだ。

「私は構いませんよ。ただ……。その前に――」

「あのお盆に代金を入れるんだぞ!!　銅貨五枚だー！」

口ごもるオルガの言葉を途中で奪い、ネネットは広間の端にある白い陶器を指差した。

「ネ、ネネット！　代金ではありませんと何度も言っているでしょう！　ご寄付と言いなさいっ！」

指定よりやや多めの額を盆に入れ、剣を三本ともバルトに預ける。

預かった側が驚いていたが、何となく、神前での帯刀は不敬であるような気がしたのだ。

「それでは、こちらに跪いて目を瞑《つむ》ってください。私が声を掛けるまで、けっして瞼《まぶた》を開かないように」

「承知した」

膝をつき、言われた通り眼を瞑る。宗教儀式であるならば、誰かに跪くのも抵抗はない。

頭の上に手が翳される気配がある、と同時、体内をまさぐられるような嫌な感覚が訪れた。

「……………？　………っ!?」

────何だ？

動揺を感じさせる息遣いと衣擦《きぬず》れの音。

眼を閉じているため判然としないが、何やら、驚きや焦りの感情が伝わってくる。

不思議に思いつつ、無言でじっとしていると────……

『この世界を精一杯楽しんでね、お侍さん！』

先ほど聞いたオルガのものとは、明らかに別人の声だった。

すぐ耳元だ。ほんの少し頭を傾ければ、唇に触れてしまうと確信できる距離から。

それは、永遠の昔に夢の中で聞いたような覚えのある声。

微《かす》かに、何かが引っかかった。既視感がふっと現れては消える。

しかし、何だかは分からなかった。

「シスター!?　大丈夫かー!?」

ネネットの叫びに思わず眼を開く。と、オルガがぐらりと倒れかかっていた。

床に衝突する寸前で、咄嗟《とっさ》に抱きとめる。

「…………魔力欠乏症じゃな。二人連続は厳しかったかの？」

「ンなアホな。精察の奇跡が使えるってことは、予備門《ポータル》以上の魔術師だろ？　十人連続でも余裕のはずだぜ」

皆でオルガの身を案じていると、彼女はしばらくして弱々しく口を開いた。

「クロスさん、申し訳ございません……。奇跡は、たしかに発動したのですが……。通常分かるはずの適性が、全く読めませんでした。こんなことは、初めてです……」

オルガは立ち上がれないほどに疲弊《ひへい》していたため、その場をネネットに任せ、三人はお暇《いとま》することにした。

教会を出る直前、黒須は祭壇を振り返る。

じっと、後ろから様子を窺《うかが》っているような気配。

「…………？」

強い視線を感じたような気がしたのだが――――気のせいか。

第二十五話　冒険者さん、連れ去られる

「おい見ろよ！　これ歩いてるヤツみーんな冒険者だぜ！　ヤベーわ迷宮！」

「ハシャぐんじゃねえよ、タイメン。お前が見られてんじゃねぇか」

「お上《のぼ》りさんですねぇ」

迷宮探索の用意を終えた一行は、ガーランドにやって来ていた。

ギルドの受付に直通門の使用許可証を提示し、長い長い階段を降りていく。

「じゃあ、今のうちに予定を伝えておくよ。十階層はDランク推奨、俺たちにとって格上の階層だ。今日一日は無理に進まず、とりあえず様子を見る。もし余裕がありそうなら、明日からが本格的な探索の開始だ。いいね？」

大事な部分を強調し、暴走しがちな仲間の一人を名指しするように見つめる。

フランツは装備品の準備と並行して、アンギラの冒険者たちから迷宮の情報を収集していた。

その結果、やはり前回の探索は、出来過ぎなほど幸運に恵まれていたことが判明したのだ。

宝箱の中身はもちろん、十階層に至るまでの戦闘回数も、どうやら平均の半分以下だったらしい。

危険を冒して深い階層に潜らなくたって、生活するのに十分な収益は得ることができる。

同じ階層に留《とど》まったり、逆に、浅い階層に戻って門番を狩り続ける〝周回〟という手法もあるのだ。

冒険者として更なる深層へ挑戦したい気持ちはあるが、仲間の命を預かるリーダーとしては危機管理《リスクマネジメント》を優先すべきだと考えていた。

「クロスさん、聞きましたね？　ムチャは絶対ダメですよ！」

「分かっている」

「強い魔物が出ても戦わずに逃げる。ええな？」

「わ、分かっている」

「……前になんかあったのかー？」

「なんかあったどころじゃねえよ。このバカ、前に鬼熊《マーダーベア》を見つけて――――」

階段を降りながら暗号のように同じ言葉を繰り返し、念のため、クロスには復唱までさせた。

◆◆◆

「魔牛《ワイルドブル》の群れだ！　数十三、気付かれてる！　アイツらに矢は刺さらねえ！」

どどどどっと物凄《ものすご》い地鳴り。

両腕を広げたくらいの大きな角でこちらを狙い、巨大な牛が殺到する。

「パメラ、群れの中央に火砲！　マウリは投げナイフで攪乱《かくらん》！　鼻先を狙え！　前衛は二人を囲うように展開しろ！」

「撃ちますよー！」

集団の中央が炎に包まれ、直撃を食らった数頭がその場で煙を上げて倒れた。

群れ全体が混乱したように散らばり、バラバラになって突進してくる。

「ぬぉおおッ！　今じゃ、タイメン！」

「任せとけ！　オルァッ!!」

バルトが盾で止めた敵にタイメンが戦斧《せんぷ》を叩《たた》き付《つ》ける。が、角に当たって跳ね返された。

鋭く澄んだ衝突音。まるで金属同士がぶつかった音だ。

「頭と首周りは硬い。前脚の付け根か、股関節の血管を狙え」

クロスは魔牛の間をすり抜けながら、剣で太腿《ふともも》を撫《な》でるようにして次々と転倒させていく。

フランツとマウリもそれに倣《なら》い、倒れた敵はパメラの魔術とタイメンの斧《おの》によってトドメを刺された。

「一匹一匹は大したことねぇけど、これだけ数がいると大変だな」

「範囲攻撃ができるのはパメラ一人だけじゃからの。気取られる前なら、罠《わな》を仕掛けるのが有効かもしれんな」

「九階層までと違って、群れてる魔物が多くなったよね」

話しながら魔牛を肉のブロックに解体し〝防腐紙〟で丁寧に包んでいく。

これは迷宮探索のために新たに購入した道具で、防腐効果のある植物を使って作られた特殊な紙だ。使い切りの消耗品ではあるものの、少し濡《ぬ》らして包むだけで、一月近く食材を保存可能な優れものである。

「足の肉は安いんだったよな？」

「脛肉《すねにく》はそうじゃな。腿と肩の肉はそこそこ高値で売れるぞ」

一頭につき数百キロはありそうな牛なので、高く売れる部位だけを厳選して回収することにした。

とりあえず魔法袋にしまっておき、容量を圧迫しそうになったら手荷物の中に移動させる予定だ。

いくら荷物に余裕があるといっても、肉だけで満タンにして帰るつもりはない。

「すまねー……。オレ、一頭も倒せなかったわ」

タイメンは単独で敵を倒せなかったことを気にしているらしく、落ち込んだ様子だ。

自慢の尻尾《しっぽ》もすっかり垂れてしまっている。

「相性が悪かったな。その戦斧では細かい急所は狙えんだろう」

「デビュー戦だし、華々しく活躍して度肝抜いてやるつもりだったのによー……。迷宮の中って外よりあったけーから、体の調子はいいはずなんだけどなー」

迷宮内は階層によって環境が変わるだけでなく、気温や湿度、季節感まで大きく異なっている。

今いる十階層は体感的に初夏。戦闘後に少し汗ばむくらいの感覚だ。

深層になると、砂漠地帯や溶岩地帯、雪原や湿地など、極地と呼ばれるような場所も頻繁に登場するようになるらしい。

「タイメンさーん！　こっちにもお水お願いしまーす！」

「あいよー」

タイメンが手のひらを向けると、そこから噴水のような清水が噴き出して血だらけの肉を洗浄した。

飲み水を出す程度の力しかないと言っていたが、流石《さすが》は貴族の血脈と言うべきか、彼の魔術は自分やバルトよりも遥《はる》かに優れているようだ。

「そういえば、タイメンって魔力量はどのくらいあるの？」

「日に大樽《おおだる》二杯分ってとこだ。頑張りゃもうちょいイケっけど、なんでかお湯になっちまうんだよなー」

「えっ？　それって――――」

「火の適性も持ってるんですか!?」

〝形質変化〟

二つ以上の属性を持つ大魔術師にのみ可能な技術だ。

「一応なー。つっても火の魔術はからっきしだし、魔力量はあっても出力が弱《よ》えーから、戦闘にゃ何の役にも立たねーんだけどよ」

「それでもすごい才能ですよ!!　羨ましいですっ！」

興奮したパメラは杖《つえ》をブンブンと振り回し、危うくバルトをぶん殴りかけた。

ぶつかる直前でクロスが受け止め、無言で杖を奪い取って地面へ置く。

「お前さん、魔術学校に行こうとは思わんかったのか？　キチンと学べば魔術師も目指せたじゃろうに」

「いやいや、見ろよ。この図体《ガタイ》だぜ？　魔術師なんてガラじゃねーって。親父《おやじ》にゃ散々勧められたけどよー。小難しい勉強なんざ、考えただけで吐きそうになるわ」

タイメンはそう言って露骨に顔を歪《ゆが》めた。

物凄《ものすご》く嫌いな食べ物を無理やり口に押し込まれたような表情だ。

「もったいない……。魔術学校って、たしか複数属性があれば学費も免除されるんだよね？」

「そうですよ。私なんて、学費を稼ぐために毎日必死だったんですから」

「……その学校とやらに通えば、俺にも魔術が使えるようになるか？」

神妙に口を開いたかと思えば、クロスがまた、とんでもないことを言い出した。

彼がローブを纏《まと》って杖を持ち、魔術書を読んでいる姿はなかなか想像できない。

杖や魔術書を武器にして、誰彼構わず殴りかかる姿ならはっきりと目に浮かぶが。

「うんにゃ。お前さんの場合は、そもそも儀式があんな結果だったからの。シスターの調子が悪かったのかもしれんが……。適性の有無すら分からん者に、入学の許可は下りんじゃろうな」

「オルガ様が直々にやってくれたんだよね？　俺もお会いしたかったなぁ」

聞くところによると、昨日クロスは教会で祝福の儀を受けたのだとか。

それも、あのシスター・オルガに。

彼女はアンギラに暮らすルクストラ教徒で、知らない者はいないくらいに高名な人物だ。

現場に強い思い入れがあるらしく、修道女《シスター》と名乗ってはいるものの、実際には管轄司祭に叙聖《じょせい》されており、領都近辺に点在する教会を統括するような立場の女傑である。

フランツは拠点から近い別の教会に通っているため、直接言葉を交わしたことは一度もない。

同じ教区に属しているので、何度か祭日行事でお見掛けしたが、遠くから説教を聞いていただけだ。

「有名な神官なんだよな？　そんなヤツが失敗したのかよ」

「魔力欠乏症みてーだったし、オレらが来る前に魔力を使い切ってたんじゃねーか？」

「そうだと思うよ。オルガ様はあの辺一帯の祭事を一人で担当されてるから、数人ぐらいじゃ絶対に失敗なんてしないだろうし」

「そうか……。なら、また日を置いて行くとしよう。俺も魔術を使ってみたい」

「次は火神の寺院に連れていってやるわい。儂《わし》がおれば儀式もやってくれるはずじゃ」

前からちょくちょくそんな希望《こと》は言っていたが、最近になって、クロスの中で魔術熱が加熱しているように感じる。ナバルへの遠征中に、何か、心境の変化でもあったのだろうか。

◆　◆　◆

「解体終わりましたよー！」

「こっちもこれで最後――――……ん？」

全ての肉を包み終え、探索を再開しようとした矢先。

マウリが首を傾《かし》げて空模様を見るような格好をした。

「……おい、何か飛んできてんぞ」

指差す方向に目をやれば、巨大な鳥の群れが低空飛行でこちらに向かってきている。

一体一体が大きいため、直下の地上には巨大な影が差していた。

「Eランクの大鷲《グロウイーグレット》の群れだ！　遠距離攻撃用意!!」

――しまった。こんな開けた場所でのんびり解体なんてしてたからだ……！

フランツの指示に、クロス、マウリ、パメラが構え、その他は彼らを守るように陣形を組む。

「射程に入り次第撃て！　大鷲《あいつら》は地上に降りてこない！　滑空からの爪攻撃に注意しろ！」

矢と魔術が次々に放たれる。が、矢は刺さっても効いている様子がない。

魔術に当たった個体だけが悲鳴を上げて墜落する。

「三体落ちた！　残り……八体！」

「パメラはそのまま撃ち続けろ！　他は攻撃にきたところを叩くぞ！」

大鷲たちは、上空をグルグルと旋回しながらこちらを狙っている――

かと思えば、一体が翼を畳んで猛烈な速度で突っ込んできた。

「儂が止める！」

大鷲は両足の鉤爪《かぎづめ》を大きく開き、摑みかかるようにしてバルトの盾に衝突する。

「よしっ、思ったより軽いぞ！　やれぃ！」

「おっしゃあ、今度こそっ!!　ドラァッ!!」

タイメンの戦斧が一撃で頭部を粉砕した。

砕けた嘴《くちばし》の一部と羽毛がバラバラになって飛び散る。

「いいぞ、残り七！　この調子で続けろ！」

同じようにしてさらに四体を仕留め、その間にパメラも二体を撃ち落とした。

「あっ……！　危ないっ!!」

悲鳴に近いパメラの叫びに振り返ると、魔術で焼かれた一体が炎を纏ったまま、こちらへ墜《お》ちてくるところだった。

「――避《よ》けろッ!!」

全員がその場から大きく跳んで距離を取る。

大鷲はきりもみ回転しながら急降下し、轟音《ごうおん》を立てて地面に激突した。

「全員無事――」

「クソ鳥が！　放しやがれっ!!」

こちらの隙を狙ったかどうかは分からないが、唯一健在だった最後の一体がマウリのベルトに爪を引っかけ、空へ舞い上がろうとしていた。

「マウリンッ!!」

彼は腰のナイフを抜こうと藻掻《もが》いているが、体勢が悪く、上手《うま》く動けていない。

タイメンが捕まえようとマウリの足に手を伸ばす。が、僅《わず》かに届かず上空へ逃げられた。

「マウリ、動くな！」

クロスが脇差を引き抜き、大鷲に向けて思い切り投擲《とうてき》する。

「ピィイイイィィ――ッ!!」

右脚に突き刺さったが……大鷲は少し高度を下げただけで、そのまま飛んでいってしまった。

第二十六話　お侍さん、追い掛ける

油断した…………ッ!!

黒須《くろす》は背後から大鷲《おおわし》が飛んできていることには気が付いていたが、皆が回避行動を取るのを見て、躱《かわ》し切れると高を括《くく》っていた。しかし、マウリは墜落してくる一体に気を取られていたらしく、よりにもよって、その襲ってくる大鷲側に回避をしてしまったのだ。

自分が間近についていながら、鳥風情に足をすくわれた。

その堪え難《がた》い屈辱と自責の念が身体《からだ》を包み込み、握り締めた拳が小刻みに震える。

「くそっ!!」

「ちょ……っ!?　連れていかれちまったぞ!!」

「う、撃ち落としますっ！」

「よせ、パメラ！　マウリに当たる！」

「追うぞッ!!　あの傷じゃあ遠くへは飛べんはずじゃ！」

斃《たお》した魔物の死骸を放置して、五人は疾走する。

大鷲は怪我《けが》を負った上に荷物《マウリ》をぶら下げているため、幸いにもフラフラと空を這《は》うように飛んでおり、見失うほどの速度ではない。

しかし――――……

「はっ……はっ……はぁ……！」

「パメラ、まだ走れるか？」

「よゆー……ですよっ……！」

三十分も走った頃、パメラの息が切れ始めた。

「くっそ……！　オレも、キツい……っ！」

間を置かず、続けてタイメンも遅れ始める。とはいえ、それも当然だ。黒須、フランツ、バルトの三人は訓練の一環として、毎朝拠点近くの丘の上まで走り込みを続けている。

フランツとバルトは最初こそ這《ほ》う這《ほ》うの体《てい》だったが、今では余裕を持って往復できるまでに成長していた。それも、鎧《よろい》という重しを身につけた状態で。

パメラやタイメンが、彼らの体力についてこられるわけがない。

「フランツ、このままではマウリを見失う。二手に分かれた方がいい」

「そうだね。……バルト、頼める？」

「仕方あるまい。フランツ、クロス、必ずマウリを助けてやってくれ。儂《わし》は二人を連れて遅れて向かう。場所が分かるよう、合図を頼むぞい」

「……ご、ごめん……なさい……。マウリを、お願いしますっ！」

「悪い……頼むっ！　絶対……後から追いつく……っ！」

「任せろ」

「ちゃんと助けておくから、心配せずにゆっくり来てくれ」

三人をその場に残し、黒須とフランツは速度を上げた。

◆　◆　◆

「あの崖に降りたね」

岩肌を剝《む》き出《だ》しにした大きな丘陵《きゅうりょう》。

大鷲はその中腹にある洞窟の中へ、吸い込まれるように姿を消した。

「様子を見てくる。少しここで待っていてくれ」

黒須は突き出た岩を摑《つか》んですいすいと器用に絶壁を登り、洞窟の中をそっと覗《のぞ》き込《こ》む。

二階建ての家がすっぽりと入りそうな広い空間。

鳥の糞《ふん》で各所に斑《まだら》模様が描かれており、風が通っているのか、奥から強烈な悪臭が漂ってくる。

人が焼ける時のような腥《なまぐさ》い臭いだ。

「…………」

勾配《こうばい》はない――――が、横穴が多い。かなり深い洞窟のようだ。

水滴の垂れるポタリポタリという音が反響して気配が探りづらく、そこら中に残された足跡は数が多すぎて、どれが目的の大鷲のものなのか特定できそうにない。

追跡には時間を食いそうだ、と思わず舌打ちが出る。

腰の荷物入れから縄を取り出し、近くの岩に括り付けて崖下に投げ落とす。

眼下のフランツに登ってくるよう合図を出し、合流した。

「奥から微《かす》かに物音が聞こえるが、どうやら複数だ。奴《やつ》らの巣穴かもしれん」

「早く助けないと……。慎重に、でも、極力急いで移動しよう」

身体を屈《かが》めて気配を消し、薄暗い洞窟の中を忍び足で静かに進む。

胸の悪くなるような異臭に顔を顰《しか》めながらも、二人は油断なく周囲を探り、横穴を一つ一つ丁寧に確認していった。所々に空気穴のようなひび割れがあるため、真っ暗というほどではないが、奥に進むにつれてだんだんと視界が悪くなる。

「松明《たいまつ》を作るか？」

「いや、明かりで魔物に気付かれるよ。今は交戦してる時間もないし、このまま進もう」

横穴を探りながら進むことしばらく。広間のようなだだっ広《ぴろ》い空間に出た。

一部天井が吹き抜けになっているため、見上げれば小さな青空が拝める。

そこかしこに枯れ木と落ち葉を組み合わせた巨大な鳥の巣が作られており、卵らしき物はいくつか見えるが、生き物の気配は感じられない。

「…………いたぞ。あそこだ」

その巣の一つにマウリは転がされていた。

急いで駆け寄り、フランツが抱き起こして脈を確認する。

大きな傷はなさそうだが、気絶しているのか、ピクリとも動かない。

「息はあるな？」

「大丈夫、気を失ってるだけだ。あぁ……よかった……」

二人して顔を見合わせ、ほっと胸を撫《な》で下《お》ろしたのも束《つか》の間《ま》。

「キュォオオォオ――――ッッ!!」

広間の上部にある横穴から、大鷲とは似ても似つかない魔物が姿を現した。

「――鷲獅子《グリフォン》!?」

その魔物は大鷲よりさらに二回りは大きく、鷲《わし》の上半身に獅子《しし》の下半身という、奇天烈《きてれつ》な外見をしていた。横穴から音もなくふわりと飛び降りると、猛禽類《もうきんるい》特有の気難しい老人のような瞳で、敵意の籠《こ》もった眼差《まなざ》しを向けてくる。

衝動的に襲い掛かってこないところを見るに、どうやら知能も高そうだ。

「フランツ、俺が相手をする。お前はマウリを連れて崖下で待っていろ」

「…………ッ!」

ギリリと、奥歯を噛《か》み締《し》める音が聞こえた。

「……分かった。クロス、鷲獅子はCランクの魔物で、風の魔術を使うと聞いたことがある。目に見えない斬撃に注意してくれ」

フランツはサッとマウリを抱き上げると、一目散に出口へ向かって駆け出した。

――いい判断だ。

苦悶《くもん》に顔を歪《ゆが》めながらも、彼は余計な問答はしなかった。

その様子を見て、黒須は何故《なぜ》だか無性に誇らしくなる。

フランツは人生を泳ぐのが下手《へた》だ。狡《ずる》もできないし嘘《うそ》も吐《つ》けない。

ただ、上に立ったらやる漢《おとこ》だ。

仲間を置いて行かざるを得ない状況に、後ろめたさや悔しさを感じつつ、まずはマウリを安全な場所に逃がすべきだと優先順位を整理し、勇気を持って決断したのだろう。

要は、自分を信頼してこの場を任せたのだ。

走り出す直前の上ずった声、震えた手。言葉にせずとも、一連の葛藤がはっきりと見て取れた。

怖くても、役に立てないと分かっていたとしても、仲間のためなら強敵に立ち向かおうとする。

無謀だ蛮勇だと、人は嗤《わら》うかもしれない。しかし、その気高さが彼特有の持ち味なのだ。

自ら前進しようとしない者にかけてやる言葉などありはしない。

前へ前へと懸命に進もうとする彼だからこそ、助けてやりたくなるのだ。

フランツたちと出逢《であ》ってから、もう、二月ばかりが経《た》っただろうか。

何かが、少しずつ深くなっている気がする。

何がと訊《き》かれても困るが、言葉にしたら浅くなってしまうようなものが、自分たちの間で深くなっていく。

血の繋《つな》がり以外では、感じたことのない感覚だ。

強敵を前にした際の昂《たかぶ》りとは違う、胸が膨れるような充実感が全身を満たす。

黒須は腰に突き出た二本の柄《つか》をちらりと見て、最近あまり使っていなかった愛刀を選択した。

「さて……。闘《や》るか？　鳥」

「クォオオォォオン!!」

まるで望むところだと返答するような鳴き声。

鷲獅子は獲物が逃げたことに腹を立てたのか、その場で翼を広げ、バッサバッサと羽ばたき始めた。油を引いたように濡《ぬ》れた黒い羽根が、はらはらと宙に舞う。

一際大きく翼を振った――その瞬間。抜け落ちた羽根が一斉に、こちらへ向かって殺到した。

「ただの羽根ではなさそうだ」

数は多い。が、躱し切れないほどでもない。

大半を避《よ》けつつ、試しに、刀で数枚を叩《たた》き落《お》としてみる。

刃《やいば》から伝わってくる感触は金属と大差なく、やはり避けて正解だったと考えていると――

左の上腕に激痛。唐突に、鮮血が吹き出した。

「なるほど……。こういうことか」

羽根には一枚も当たっていない。

つまり、これがフランツの言っていた不可視の斬撃なのだろう。

昔どこかで聞いたことのある、妖怪鎌鼬《かまいたち》のようなものか、と傷口を一瞥《いちべつ》しながら冷静に分析する。

出血は多いものの、骨まで達するような深手ではなく、動くに支障はない。

軌道が見えないという点では鉄砲に似た攻撃だが……目視できる羽根に交ぜて飛んでくる分、こちらの方が厄介だな。

ナイフを抜いて投げつけてみるが、翼を一振りしただけで逸《そ》らされた。

どうやら飛び道具の類《たぐい》は役に立たないらしい。

「クォオォォ――――ッ!!」

鷲獅子が羽ばたくたびに暴風が巻き起こり、黒須の全身を切り裂いていく。

革鎧を貫通することはなかったが、庇《かば》っている顔以外の箇所からはダラダラと血が流れる。

「距離を取っていても刻《きざ》まれるだけか」

どのみち切り裂かれるのならと、負傷を覚悟で相手に向かって突撃する。

振り下ろされる前脚を躱し、首元へ一閃《いっせん》――――まるで鎧を斬ったような手応え。

全力を出せば斬れなくはないが、愛刀の損傷が心配だ。

「獅子の身体の方ならどうだ?」

素早く側面へ回り込み、尻尾《しっぽ》の付け根に刀を叩き込む。

「ギュァアアアッッ!!」

鮮血が散り、葦《あし》のような獅子の尾がボトリと落ちた。

「胴体が弱点か」

馬がやるように後ろ脚を跳ね上げてきたため、峰に手を添えて受け止める。

軽い。この図体《ずうたい》でどうやって飛ぶのか疑問だったが、見た目通りの体重ではなさそうだ。

追撃しようと刀を振り上げる。が、鷲獅子は翼を打ち下ろすようにして地面に叩き付けた。

「――――ッ!」

先ほどまでの斬撃と違い、空気の塊をぶつけられたような衝撃。

咄嗟に刀で受け止めるも、威力を抑え切れずに大きく吹き飛ばされる。

上手《うま》く受身を取ったため怪我はないが、せっかく詰めた距離を離されてしまった。

ただ、今の一撃で気が付いたことがある。

「その風、自分の後ろには飛ばせないのか？」

風の塊は尻尾側には発生していなかった。で、あるならば――……

黒須は鷲獅子の周囲を回るようにして走り出す。

敵も胴体を狙われていることを察したらしく、背後を取られないよう必死に食らいついてきた。

こうなれば持久戦だ。

呼吸法を二重息吹《ふたえいぶき》に切り替え、ただひたすらに脚を動かす。

容赦なく降り注ぐ暴風の嵐は、最早《もはや》こちらを狙っておらず、四方八方、あちこちの岩壁を無茶苦《むちゃく》茶《ちゃ》に傷付け始めた。

身体を裂かれる痛みには耐えられるが、巻き上げられた風塵《ふうじん》で眼《め》を開けているのも辛《つら》く、息を吸うたびに口の中がざらざらする。

視界を完全に潰された。しかし、もう周辺の地形は把握済みだ。

眼を瞑《つぶ》っていたとしても、爆風の発生源は手に取るように感じることができる。

しばし鬼子事《おにごっこ》のようなやり取りが続いたが――不意に、鷲獅子が苦しげな呻《うめ》き声《ごえ》を上げて羽ばたきを緩めた。

体力か、気力か、それとも魔力か。

奴の中で何が尽きたのかは知らないが…………

「……これまでに戦った魔物の中では一番愉《たの》しかった。さらばだ」

黒須は突き出た岩に脚を掛けて大きく跳び上がると、空中で前転するように勢いをつけて刀を振り下ろした。

第二十七話　お侍さん、治療される

「別々の魔物のようだな」

上半身は鷲《わし》、下半身は獅子《しし》。胴から真っ二つに両断された鷲獅子を眺めてボソリと感想を漏らしつつ、黒須《くろす》は周囲の確認を始めた。

酷《ひど》い疲労で身体《からだ》が二つに折れそうだが、まだマウリを攫《さら》った大鷲を仕留めていない。奴《やつ》には仲間を害したツケを支払わせなければならない上に、阿久良王《わきざし》を持っていかれている。

休息も治療も、全ては敵を斃《たお》してからだ。

広間にある横穴を、一つ一つ、丁寧に調べていく。全身からはいまだ鮮血がボタボタと滴り落ち、黒須の歩いたあとには、血潮が刷毛《はけ》で線を描いたように地面に長く続いていた。

これまでの旅路で、失血も随分と経験している。

末端の触感が失せ《う》、身体が震え、眼《め》が霞《かす》み始めると、次第に身体が〝物〟に変わってゆくような感覚が訪れるのだ。少しばかり寒気は感じているものの、手脚に力が入るうちはまだ問題ない。

しかし、洞窟に入る前に聞こえていた物音はすでになく、見上げれば青空に繋《つな》がる大穴が空いている。この場を探して見つからなければ、最悪、外へ逃げ出された可能性も視野に入れておかねばならないだろう。

粗方の横穴を調べ終え、残すは鷲獅子が飛び降りてきた場所だけだ。

軋《きし》む身体に顔を顰《しか》めつつ、岩肌を登って中を確認する。

「…………共生していたのではなかったのか」

そこには、右脚に脇差の刺さった大鷲が、バラバラに引き裂かれて息絶えていた。

似たような魔物だったので、てっきり同じ巣穴で仲良く暮らしているのかと思ったが、大鷲の頭はスッパリと綺麗《きれい》に切断されており、至る所に羽毛が散って胴体には啄《ついば》まれたような痕跡が見える。

「――――む？」

脇差を返してもらうため、大鷲の死骸に近づくと――――

穴ぐらの中に、大量の剣や槍《やり》、荷物入れなどが散乱していることに気が付いた。

暗がりに眼を凝らせば、奥の方まで箪笥《たんす》をひっくり返したような雑然とした有様だ。

古い物から新しい物まで、かなりの数の装備品が転がっている。

人骨が一つも見当たらないため、鴉《からす》が光り物を集めるのに似た習性かとも考えたが…………

そういえば、迷宮の中では死体が消えると以前誰かから聞いたような覚えがある。

一人で運び出せる量ではない。魔法袋と鑑定の片眼鏡があった方がいいだろうと考え、黒須は一旦外に出て、仲間たちと合流することにした。

◆　◆　◆

燦々《さんさん》と光溢《あふ》れる外へ出ると、一瞬、視界が真っ白になり、その眩《まぶ》しさに眼が慣れるまで時間がか

ろう。

かる。

「クロス！　無事だった――――……っ!?」

しょぼしょぼとした眼で辺りを見渡すと、洞窟の入り口には、すでに全員が集結していた。

野火の煙が真《ま》っ直《す》ぐ上がっていることから察するに、フランツが狼煙《のろし》を焚《た》いて合図を送ったのだろう。

「マウリ、気が付いたか。怪我《けが》は？」

「俺は平気だけど……いや、それよかお前だっ！　全身血まみれじゃねぇか!!」

「ぎゃあああぁぁああ!!　クロスさんがぁぁぁぁ!!」

「ちょっ……！　おい、これ大丈夫なのかよ!?」

ふらりと登場した黒須を見て、その場は蜂の巣をつついたような大騒ぎになった。

本人は平然としているものの、全身がズタズタに引き裂かれて、今も鮮血が滴っている。

「水薬《ポーション》じゃ！　頭からぶっかけろ!!　ほれ、クロス！　これを飲め！」

バルトが魔法袋からありったけの治癒の水薬を取り出し、皆が手分けして黒須に振り掛け始める。

ばしゃばしゃと浴びせられる油……とまでは言わないが、やや粘り気のある液体。

雑草を蒸したような独特の臭気に、思わず眉根に皺《しわ》が寄る。

不思議なことに触れたそばから肌に浸透し、濡《ぬ》れているのは着物と髪だけだ。

「皆落ち着け。出血は多いが、浅い傷ばかりだ。致命傷は一つも受けていない」

「なんでお前はそんな落ち着ついてられんだよ！　いっ、痛くねーのか!?」

「痛いことは痛いが……。慣れているからな」

傷とは誇りや気構えに負うもの。肉体的な苦痛など、数秒瞼《まぶた》を閉じて瞑想《めいそう》すれば掻《か》き消《け》せる。

それくらいのことができなければ、生き残れない修羅場はいくつもあった。

「クロス、装備を外して服を脱ぐんだ！　水薬は傷ついてすぐに使わないと、効果が薄くなる！」

フランツの忠告に従い、革鎧《よろい》や荷物入れを外して着物を脱ぐ。

パメラがいるため、流石《さすが》に下は穿《は》いたままだ。


「「…………………」」

「――――どうした？」

上裸になった途端、仲間たちは突如として息を呑《の》み、水を打ったように静まり返ってしまった。

気付かない大傷でもあったかと確認するが、それらしき傷《もの》はない。背中か？

「クロスさん……それって………」

「お前さん……。そりゃあ全部、これまでの戦いで負った傷か……？」

一分の隙もなく鍛え上げられた黒須の肉体。ただしその身体は、最早まともな部分を探す方が難しいほどに傷痕だらけだった。

刃傷、刺傷、火傷、擦過傷、裂挫傷、挫滅傷………………

刀剣によって刻まれた傷が皮膚全体を埋めつくし、赤黒く変色した蚯蚓脹《みみずば》れが痛々しく痕を残している。放射線状に拡《ひろ》がる火傷が肉を盛り上げ、傷の上に傷が重なり合い、まるで出来の悪い地図のような様相を呈していた。

「あぁ、これか。旅に出たばかりの頃は、傷の手当てもまともにできなかったからな。その辺の小僧に駄賃をやって縫わせていた。武士として恥ずかしい限りだが、未熟だった頃の名残りだ」

「お前、そんな体で冒険者やってんのかよ……。人族ってそんなに頑丈だったっけ……？」

「……普通の人間には無理だよ。肉体的にも精神的にも、これだけ傷ついたら動けなくなる」

「いや、人族とか関係ねえだろ。こんな状態でまともに生活できる種族なんかいねえって」

「戦闘の直後で細かい傷が目立つだけだ。酒を呑んでも浮いてくる。見た目ほど大したことはない」

〝黄金《こがね》と侍は朽ちても朽ちぬ〟

不覚傷《ふかくきず》は決して誇れるようなものではないが、この程度の傷痕は武士であれば珍しくもない。

湯屋に行けば、もっと悍《おぞ》ましい、眼を覆いたくなるような身体をしている者もザラにいる。

「と、とにかく怪我を治しましょう！」

水薬に濡れた傷は即座に出血が止まり、ほとんど治りかけと言っても過言ではないほどに薄くなった。痛みも完全に引き、若干痒《かゆ》みは残っているものの、動く分には全く支障ない。

「凄い薬だな……。わざわざ何度も店に通うのも頷《うなず》ける」

黒須も武士の嗜《たしな》みとして、金創《きんそう》医術や戦陣医術には多少の心得がある。が、それは傷口の縫合や鉄砲の弾抜き程度の技術に過ぎない。調薬に関する知識は持ち合わせてないものの、これが異常な性能であることくらいは訊《き》かなくても分かる。

一瓶につき銀貨三枚ほどの値だったと記憶しているが、この効能なら安すぎる金額だ。

「傷は塞がるが、失った血液まで戻ったわけじゃあないからの。しばらくは安静にしとくんじゃぞ」

「とりあえず体を拭いて着替えなよ。タイメン、桶《おけ》に水を出してくれる？」

「任せとけ！　クロスの好きな熱湯にしてやんよ！」

手拭いで身体についた血を落とし、魔法袋に入れて持ってきていた服に着替えて、ようやく一息ついたところで――――マウリがガバッと頭を下げた。

「みんな、悪かった!!　俺がしくじったせいで、また迷惑掛けちまった……！」

〝また〟というのは、調査依頼の一件のことだろう。

あんな失態にもならん失態を、いまだに引きずっていたのか。

「こっちこそすまんかったの。ありゃあ、儂《わし》が守ってやるべき場面じゃった。盾役として不甲斐《ふがい》ないわい」

「あれは仕方なかったよ。それに、魔物から目を離した俺たち全員の責任だ」

「そうですよ！　私が捕まっててもおかしくありませんでした！」

「とにかくマウリンが無事でよかったぜ！　大鷲に食われちまったかと思ったわ」

恐縮しきった様子のマウリを、皆が口々に励ます。

「クロスもすまねぇ……。俺のために、そんな傷だらけになっちまって」

「謝るな、マウリ。こんな怪我《もの》は時があれば癒える。お前の命とは比べ物にならん。それに、なにも悪いことばかりではないぞ」

「ん？　それってどういうことだよ？」

薄く微笑を浮かべる黒須に対して、マウリは不思議そうに小首を傾《かし》げた。

◆◆◆

「うぉおお！　スゲー!!　お宝の山だ！」

「攫われた冒険者たちの遺品か……。これだけの量があれば、魔道具もいくつか交ざっていそうじゃの」

「門番の宝箱より豪華かもしれませんね！」

「バルト！　鑑定の片眼鏡《モノクル》で見てみろよ！」

手に手に拾った道具を持ってはしゃぐ仲間たちを、フランツが笑いながら窘《たしな》める。

「いや、装備と素材を回収して、早めに野営の準備をしよう。今日はみんな疲れてるからね。そのあとで、ゆっくり鑑定すればいいよ」

まだ日は高いものの、必要な物を回収して崖の近くで野営の準備に取り掛かる。

「しっかし、クロスをここまで切り刻むとは……。鷲獅子《グリフォン》は巨人《トロル》や鬼熊《マーダーベア》と同格のはずじゃろう？」

「あの見えない斬撃は厄介だったぞ。それに、飛び道具も一切通用しなかった。洞窟の中だからよかったが、外であれをやられたら手の出しようがない」

火砲の類《たぐい》……鉄砲か石火矢、棒火矢でもあれば暴風を無視して撃ち落とせるだろうが、この国ではどうやら砲術は流行《はや》っていない。

水薬などという高度な薬術がある以上、火薬《たまぐすり》自体が存在しないとは考え難《にく》いため、今後のためにせめて短筒を何丁か入手しておきたいところである。

「他の魔物と比べて、攻撃力が弱くて対策が簡単だからCランクになってるみたいだよ。昔読んだ魔物大全に、風属性の魔術師なら完封も可能って書いてあったと思う」

「そういや、お前の鎧も貫通はされてなかったよな」

「たしかに、攻撃力という点だけ見れば他に劣るか」

革鎧に傷はついているものの、どれもナイフで軽く撫《な》でた程度の浅いものだ。

このくらいなら補修も必要ないだろう。

「テントの準備終わりましたよー！」

設営を完了し、いよいよ回収した品物を調べることになった。

第二十八話　冒険者さん、地上に戻る

沈みかけた夕日を浴びて、絶壁の岩肌が茜色《あかねいろ》に染まる。

西空はまだぼんやりと明るいが、辺りには、もう夜の帳《とばり》が下りようとしていた。

「————よし。これで今回の準備にかかった経費は十分補塡《ほてん》できそうだよ」

「「「おぉ～……」」」

車座になって座る面々に向かい、フランツは嬉《うれ》しそうに報告したが、返ってきたのは気だるげな、力のない歓声。やれやれと苦笑し、計算し終わった皮袋をジャラリと地面に置く。

いくつかの鞄《かばん》から財布が見つかり、それだけでも合わせて金貨十五枚分はあった。

節約に節約を重ね、遠征の準備費用は金貨五枚ほどで抑えられたため、装備の補修を考えても、これで大幅黒字は確定である。

「ほら、貴重品もたくさん見つかったんだからさ。もう少し喜ぼうよ」

輪になった一同の中央。所狭しと並べられた戦利品を手で示すも、仲間たちの反応は今一つ盛り上りに欠ける。鑑定をしている最中は大騒ぎしていたのだが、切羽詰まった状態で長距離を走り続けたのはやはり相当に堪《こた》えたらしく、疲労困憊《ひろうこんぱい》といった様子だ。

緊張し続けていた気が弛《ゆる》み、みんな背中を丸めて疲れを露《あらわ》にしている。

例に漏れず、フランツも全身の筋肉がぶちのめされたようにクタクタだが、どちらかといえば心労の方が大きかったため、マウリとクロスの無事が分かって肩の荷が下りたように感じていた。

「武器防具の類《たぐい》は残念じゃったが……。魔銀《ミスリル》のナイフは大収穫じゃの」

白銀色の美しいナイフを指の間でくるくると弄びつつ、バルトは乱雑に積み上げられた廃材の山を無念そうに眺める。

湿気の多い洞窟であったことが災いし、残念ながら回収した金属製の装備品は、その多くが朽ちてしまっていた。

元は豪華な装飾が施されていたと思われる立派な甲冑《かっちゅう》には赤銅色の錆《さび》が孔《あな》を穿《うが》ち、突き立てられた武具には所々に青カビのようなものが浮いている。どのくらいの間放置されていたのかは見当もつかないが、芸術的と言っていいくらいの朽ち具合だった。

辛《かろ》うじて使えそうなのは、両手剣と槍《やり》が一本ずつと、小型のナイフが数本だけ。屑鉄《くずてつ》も鍛冶《かじ》屋に持ち込めば売れるには売れるのだが、運ぶのに苦労する割には大した金にならない。話し合いの結果、魔法袋の容量を廃材で圧迫するのは無駄だと判断して、捨てていくことに決めていた。

「土壁《クレイウォール》と盲目《ブラインド》の巻物《スクロール》も当たりですねぇ………」

地面に腹ばいに寝転がって、足をパタパタさせながらパメラは笑みを零した。

その目は半分閉じてしまっており、頭はウツラウツラと揺れている。

前回手に入れた衝撃波《ティルト》の分も合わせると、これで荒野の守人が所有する巻物は三本目。管理は魔術師であるパメラに一任しているが、そろそろ、巻物差《スクロールホルダー》の購入を検討してもいいかもしれない。

寺院系の神官――武僧《モンク》や侍僧《アコライト》、祈禱師《シャーマン》は、複数の巻物を携帯して変幻自在の攻撃をすると聞いたことがある。巻物を自作することが可能な彼ら独自の戦闘形態《スタイル》ではあるが、手札は多いに越したことはないはずだ。

「ちょっとそれ貸してくれって！　順番だろ!!」

「五月蝿《うるさ》い、今は俺の番だ。お前はそっちの腕輪でも試していろ」

「どうやって試せっつーんだよ!?　こんな小っせー腕輪、オレに使えるわきゃねーだろ！」

魔道具に興味津々な二人は〝魅了無効の首飾り〟と〝毒耐性の腕輪〟を奪い合っている。

興奮したタイメンは尻尾《しっぽ》をベシベシと地面に打ち付けているが、クロスはそれを横目でチラリと一瞥《いちべつ》しただけで、譲るつもりはないようだ。

「尻尾の先にでも嵌《は》めればいいだろう」

「ハッ！　その手があったか……！」

「二人とも……。さっきも言ったけど、その魔道具は実際に危険な状況に遭わないと発動しないからね？　身につけるだけじゃ何も起きないよ」

ため息混じりにそう忠告してみるも、フランツの言葉は、彼らの耳を右から左へ素通りしただけのようだった。

クロスは首からぶら下げた首飾りを無言のまま凝視し続け、タイメンはいそいそと尻尾を保護する革鎧《よろい》を取り外し始めている。

「お前さんら。遊ぶのは構わんが、絶対に壊してくれるなよ。特にタイメン、腕輪は少しでも歪《ゆが》んだらお終《しま》いじゃからな」

「わ、分かってるってー」

太い尻尾を腕輪に無理矢理《むりやり》ねじ込もうとしていたタイメンの動きが、ビシリと固まる。

状態異常耐性の魔道具は一般的だが、その中でも無効系は希少《レア》だ。

生憎《あいにく》と〝魅了〟は需要が少ない部類に入るが、それでも、売れば金貨数枚にはなるだろう。

ただし――――洞窟で見つけた中で最も高価な魔道具は、腕輪でもなければ首飾りでもない。

「へへへ……」

目を細め、手に持った魔道具を灯《あか》りに翳《かざ》しながら、マウリは夢見るような表情を浮かべていた。

〝俊足のブーツ〟

使用者の脚力を倍近くまで引き上げる、常時発動型《パッシブ》の魔道具。脚部限定ではあるが、身体強化《ブースト》の奇跡とほぼ同等の強化《バフ》を常に得ることができる、冒険者垂涎《すいぜん》の逸品だ。

身体能力を向上させる魔道具は、戦闘に携わらない一般人からも人気が高く、希少性こそ魔法袋に劣るものの、非常に高値で取引されている。特に、全身を強化するタイプは目を剝《む》くほどの高級品らしく、噂《うわさ》でしか知らないが、並の冒険者の年収を遥《はる》かに上回るような馬鹿げた価格なのだとか。

ブランドンの持つ魔剣や、ラウルの装備していた甲冑が同様の効果を持つ魔道具だったはずだ。

「いいなーマウリン……。オレも強化装備使ってみたかったなー」

「手に持つだけでは意味がないと言ったな。爪先《つまさき》立ちで履いても駄目なのか？」

「部位強化系の魔道具はキチンと装備せん限り無効じゃ。儂《わし》らにゃ、どうやったって使えまいよ」

「俺……今日ほど旅行小人《ハーフリング》でよかったと思ったことねえよ」

女性用か子供用か、それとも元から小人族《バギンズ》のために作られたのか。その靴は二十センチほどの可愛《かわい》らしいサイズで、ちょうどマウリが履いているのと同じタイプのショートブーツだった。

鑑定の片眼鏡《モノクル》でも素材までは分からなかったが、魔物の革を鞣《なめ》したと思われる艶消しの焦茶色で、しっかりとした造りの上等そうな代物である。放置されていたため多少薄汚れてはいるものの、磨けば十分使用できそうだ。

他のメンバーには当然履けるサイズではなく、自然とマウリの手に渡った。彼も手足の打撲や細かい傷を負っているので、試すのは拠点に帰ってからにするよう忠告したが、この様子ではきっと、売却する展開にはならない気がする。

「さて、早いけどもう寝ようか。タイメン、パメラをテントまで運んでくれる？」

「あいよー。パメラちゃん、こんなトコで寝てたら風邪引くぜー」

「……むにゃ……」

「クロスよ。今夜の不寝番《ねずのばん》は儂らでやるから、ちゃんと寝るんじゃぞ。お前さん、前回も含めて迷宮内では一度も眠っておらんじゃろう」

「…………」

「そんな顔したってダメだよ。立派な怪我人《けがにん》なんだから」

「せっかく一人用の防水テントも買い直したんだぜ？　使わねえともったいねえだろ」

「……承知した」

渋々、嫌々という感情を、これでもかと顔に浮かべたクロスがテントに潜り込むのを見届け、フランツたちも交代で眠りについた。

◆　◆　◆

「もう治った」

「治ってないですっ！」

「傷が消えただけだってば。失った血はすぐに戻らないんだよ？」

「自分の体調は自分が一番よく分かっている。これだけ動ければ探索には申し分ない」

翌朝、バルトが作ってくれた鬼熊ベーコン入りのサンドイッチを頬張りながら、荒野の守人の一行は揉《も》めていた。

フランツとしては朝から地上へ撤収する算段でいたのだが、それを伝えた途端、クロスがまだ帰りたくないとゴネ始めたのだ。

「あれだけの出血だったんじゃ。普通の人間は動けるようになるまで最低でも二日、完全回復にゃ二週間はかかるわい」

「俺は普通の人間ではないから大丈夫だ」

ぐっ……妙に説得力のある言葉だ。

たしかに一見して顔色はよく、呼吸も正常。食欲にいたっては、普段より旺盛《おうせい》なのではと思うくらいに食べている。

猫科の猛獣を思わせる鋭い眼光は黒々とした生気に溢《あふ》れ、俺を馬鹿にしたら殺すとでも凄《すご》んでいるような強烈な威圧感もいつも通り。

「コイツ、朝イチで素振りなんかしてやがったぜ」

「そのあとマウリンと競走してたじゃねーか。例のブーツで遊んでたんだろ？　『負けたー！』ってデッケー声で叫ぶから、目ぇ覚めちゃったっつーの」

「馬鹿野郎！　余計なこと――」

「安静にしておれと言ったじゃろうが!!」

怒鳴りつけられ、マウリはサッとタイメンの背に隠れた。

「治癒の水薬《ポーション》もなくなったし、どのみちこれ以上は進めないよ」

「そうですよ！　次に誰かが怪我しても、どうにもならないんですからね！」

「…………」

朝食を終えて野営地の片付けをしながら、フランツたちは同じことをゆっくりと穏やかに、繰り返し言って説得を続ける。

クロスは反論しないまでも、真一文字に結ばれた口元には、物足りないという不満がありありと表れていた。

しかし、迷宮に立ち入る時にも言った通り、今回はあくまで十階層の様子見が主な目的。

マウリが死にかけ、クロスが重傷を負った。

これだけの危機に瀕《ひん》しておきながら、このまま探索を続けようなんて、リーダーとしては絶対に言えない。

Dランク階層の恐ろしさを学び、十分な成果も得られたのだ。

今回の挑戦はここまででいい。

「オレだってもうちょい進みたいけどよー。水薬なしじゃ流石《さすが》にヤベーって」

「もしこのデカブツがぶっ倒れたら、地上まで引きずっていくハメになるんだぜ？」

「なんで引きずるんだよ！　おんぶしてくれよ!!」

「アホかテメー。自分の体重考えろ」

「こう見えて二百キロちょいだぜ!?　バルトかクロスならギリいけるって！」

「儂は無理じゃ。潰れるわい」

「米俵三つほどか。担げはするだろうが、走るには少々辛《つら》いな」

マウリとタイメンが上手《うま》く話題を逸《そ》らしながら、何気ない仕草でクロスを伴い、直通門の方向へ歩き出す。

ギャーギャーと騒ぎつつも、彼らは後ろを歩くフランツに向けて、背面で親指を立てていた。

その見事な連携プレーに思わず吹き出しそうになったが、不意に、遠くから風に乗って微《かす》かな叫び声が耳に届く。

「――――中の――――者は――――へ戻――――――！」

示し合わせたように全員の足が止まる。

風の加減だろうか。

音節の一つ一つを区切って発音するような、途切れ途切れに聞こえる奇妙な叫びだ。

「この声、拡声の魔道具を使っとるな」

「なんでしょうね……。クロスさん、なんて言ってるか聞き取れます？」

「………いや、距離が離れすぎている」

「つーかコレ、どんどん遠ざかっていってねーか？」

その言葉通り、つい今しがたまで聞こえていた叫びは、もう耳に届かなくなっていた。

「みてえだな。どうする、フランツ？」

「何かあったのかもしれない。行ってみよう！」

フランツの号令で、皆が一斉に走り出す。

俊足のブーツの効果が発揮されているらしく、指示を出さなくても自然とマウリが先頭になった。

一歩一歩の歩幅が大きいため、まるで宙を飛んでいるかのような速さだ。

「マウリ！　少し速度を落としてくれ！」

「あっ、悪《わ》りぃ！　まだ慣れてなくてよ！」


声の主はなかなかの健脚らしく、追い付くまでに結構な時間が掛かってしまった。

後ろ姿を捉えるのと同時に、ふさふさとした灰色の尻尾と尖《とが》った獣耳が視界に入る。

持久力に優れた種族、狼獣人《ウルガルド》だ。

「繰り返す！　迷宮探索中の冒険者は、至急、地上へ帰還せよ！」

「Eランクパーティーの荒野の守人だ！　何があった!?」

「強制依頼が発動された！　今すぐ街に戻ってくれ！」

「――――ッ！　大暴走《スタンピード》か!?」

「そうだ！　不死者の迷宮が溢れた、、!!」

サムライ転移

SAMURAI gets ISEKAI'd.

～お侍さんは異世界でもあんまり変わらない～

MFブックス

サムライ転移《てんい》
~お侍《さむらい》さんは異世界《いせかい》でもあんまり変《か》わらない~ 2

2023年 8月25日 初版第一刷発行
2023年12月20日 第二刷発行

著者 四辻いそら
発行者 山下直久
発行 株式会社KADOKAWA
〒102-8177 東京都千代田区富士見2-13-3
0570-002-301（ナビダイヤル）
印刷・製本 株式会社広済堂ネクスト
ISBN 978-4-04-682760-9 C0093

担当編集 森谷行海
ブックデザイン AFTERGLOW
デザインフォーマット AFTERGLOW
イラスト 天野英

本書は、2021年から2022年に「カクヨム」（https://kakuyomu.jp/）で実施された「第7回カクヨムWeb小説コンテスト」で特別賞（異世界ファンタジー部門）を受賞した「お侍さんは異世界でもあんまり変わらない」を改題の上、加筆修正したものです。

ファンレター、作品のご感想をお待ちしています

宛先
〒102-0071 東京都千代田区富士見2-13-12
株式会社KADOKAWA MFブックス編集部気付
「四辻いそら先生」係 「天野英先生」係

二次元コードまたはURLをご利用の上
右記のパスワードを入力してアンケートにご協力ください。

https://kdq.jp/mfb
パスワード
wpzmf

● PC・スマートフォンにも対応しております（一部対応していない機種もございます）。
●アンケートにご協力頂きますと、作者書き下ろしの「こぼれ話」がWEBで読めます。
●サイトにアクセスする際や、登録・メール送信時にかかる通信費はご負担ください。
● 2023年8月時点の情報です。やむを得ない事情により公開を中断・終了する場合があります。

赤ん坊の異世界ハイハイ奮闘録
そえだ 信
イラスト：フェルネモ
不作による飢餓、害獣の大繁殖。
大ピンチの領地を救うのは、赤ちゃん!?
体力担当の兄・ウォルフと、頭脳担当の赤ん坊・ルートルフ。
次々と襲い来る領地のピンチに、
男爵家の兄弟コンビが立ち上がる!!
がんばる2人を応援したくなる、領地立て直しストーリー!!
MFブックス新シリーズ発売中!!

異世界で天才画家になってみた
Hachihana
八華
[ill.] Tam−U
イラストレーターになる夢を諦めたサラリーマンが、天才画家として異世界に転生。しかも、絵に描いた対象の情報を手に入れられる〈神眼〉スキルのおまけつき。
これは、画家の才能を持って商家の長男に転生した青年が、王国社交界を盛り上げていくセカンドライフストーリー！
「画力」×「商才」で
王都に新風を巻き起こす!!
第8回
カクヨムWeb小説コンテスト
カクヨムプロ作家部門
《特別賞》受賞作

アンケートに答えて 著者書き下ろし「こぼれ話」を読もう！

「こぼれ話」の内容は、
あとがきだったり
ショートストーリーだったり、
タイトルによってさまざまです。
読んでみてのお楽しみ！

よりよい本作りのため、
読者の皆様のご意見を参考にさせて頂きたく、
アンケートを実施しております。

奥付掲載の二次元コード（またはURL）にお手持ちの端末でアクセス。

↓

奥付掲載のパスワードを入力すると、アンケートページが開きます。

↓

アンケートにご協力頂きますと、著者書き下ろしの「こぼれ話」がWEBで読めます。

- PC・スマートフォンに対応しております（一部対応していない機種もございます）。
- サイトにアクセスする際や、登録・メール送信時にかかる通信費はご負担ください。
- やむを得ない事情により公開を中断・終了する場合があります。

オトナのエンターテインメントノベル MFブックス　毎月25日発売